Classiq

Éric-Emmanuel Schmitt

Crime parfait
Les Mauvaises Lectures

Deux nouvelles à chute

Présentation, notes, questions et après-texte établis par

LAURENCE SUDRET
professeur de Lettres

Sommaire

Est-il encore besoin de présenter Éric-Emmanuel Schmitt ? Il a quitté très vite l'enseignement de la philosophie pour se consacrer à l'écriture et, depuis quelques années, au cinéma. S'il a commencé sa carrière d'écrivain par le théâtre et sa très célèbre – et très récompensée – *Nuit de Valogne*, dans laquelle il imagine une suite à l'histoire de Dom Juan, il s'est ensuite tourné vers les textes narratifs, courts ou longs, les scénarii, la réalisation… tout ceci, naturellement, sans oublier ses premières amours.

Ce qui le caractérise le plus, c'est son ouverture. S'il aime toucher à tous les genres, il aime également toucher à tous les sujets : les épreuves dans la relation amoureuse, la maladie de l'enfant[1], Diderot[2], la philosophie et ses travers[3], Mozart[4], Beethoven[5], Hitler[6]… sans oublier les religions qu'il aborde dans son « Cycle de l'invisible »[7]. On le voit : aucun sujet ne le rebute et il aborde indifféremment des sujets graves ou légers. Mieux : il aborde légèrement des sujets graves et sérieusement des sujets qui pourraient sembler, *a priori*, très légers…

De ce fait, il est un des auteurs qui font exploser les carcans imposés à la littérature. Il est incontestable qu'en France les ouvrages doivent être « catégorisés » : appartenir à des genres, se ranger dans des

---

1. *Oscar et la Dame rose.*
2. *Diderot ou la Philosophie de la séduction*, ouvrage tiré de sa thèse de doctorat.
3. *La Secte des Égoïstes.*
4. *Ma Vie avec Mozart*, une autobiographie.
5. *Quand je pense que Beethoven est mort alors que tant de crétins vivent.*
6. *La Part de l'autre.*
7. *Milarepa ; M. Ibrahim et les Fleurs du Coran ; Oscar et la Dame rose ; L'Enfant de Noé ; Le Sumo qui ne pouvait pas grossir.*

collections. C'est malheureusement l'une des raisons pour lesquelles on juge hâtivement les livres, en leur prêtant ou non des qualités littéraires, selon leur public, leur présentation. Le livre populaire est, de ce fait, bien trop souvent décrié. É.-E. Schmitt tire un trait sur ces préjugés et montre que la littérature peut être populaire, avoir un éventail très large de lecteurs, tout en étant reconnue !

Dans les nouvelles qui suivent, il s'amuse à jouer les détectives. Outre que ce sont des nouvelles à chute, ce sont également des nouvelles policières : crimes et suspense y règnent en maîtres. Ces deux textes ne sont en rien semblables ; et, si le crime est commis au début dans le premier, il n'apparaît que vers la fin dans le second. Naturellement, l'auteur se plaît à nous présenter des personnages étonnants, avec leurs manies, voire leurs phobies, leurs faiblesses et médiocrités ; toutefois, nul jugement de valeur ou moquerie de sa part. Si l'on sent que ses personnages bien souvent l'amusent, il sait avant tout nous les rendre sympathiques et/ou proches (par leurs qualités ou leurs défauts). Il invite ainsi le lecteur à suivre leurs pas, toujours étonné davantage, jusqu'à un dénouement qui en surprendra plus d'un.

Avant = confiante, fachée, violente, sur d'elle, poussée à bout.

Pendant = violente, nerveuse, angoissée, fâchée (doutes)

Après l'avoir poussé = bien, sereine, libre, fier d'elle

Éric-Emmanuel Schmitt

Crime parfait

2 scènes possibles : ① Accident (gabrielle)
② Assassinat (berger)

Dans quelques minutes, si tout se passait bien, elle tuerait son mari.

Le sentier sinueux s'amincissait d'une façon périlleuse[1] cent mètres en amont, surplombant[2] la vallée. À ce point de son flanc, la montagne ne s'épanouissait plus en pente mais se raidissait en falaise. Le moindre faux pas se révélerait mortel. Rien pour que le maladroit se rattrape, ni arbres, ni buissons, ni plate-forme ne dépassaient du mur rocheux que des blocs pointus sur lesquels un corps se déchirerait.

Gabrielle ralentit sa marche pour observer les alentours. Personne ne gravissait le chemin derrière eux, nul randonneur sur les vallons opposés. Pas de témoin donc. Seuls une poignée de moutons, à cinq cents mètres au sud, occupaient les prés, goulus[3], la tête baissée sur l'herbe qu'ils broutaient.

– Eh bien, ma vieille, tu es fatiguée ?

Elle grimaça à l'appel de son mari : « Ma vieille », justement ce qu'il ne fallait pas dire s'il voulait sauver sa peau !

Il s'était retourné, inquiet de son arrêt.

– Tu dois tenir encore. On ne peut pas s'arrêter ici, c'est trop dangereux.

En Gabrielle, au fond de son crâne, une voix ricanait de chaque mot prononcé par le futur mort : « Ça, tu l'as annoncé, ça va être dangereux ! Tu risques même de ne pas y survivre, mon *vieux* ! »

---

1. Dangereuse
2. Dominant, situé au-dessus
3. Qui mangent beaucoup et très vite

Un soleil blanc plombait les corps et imposait le silence aux alpages[1] qu'aucun souffle d'air ne caressait, à croire que l'astre surchauffé voulait rendre minéral ce qu'il touchait, plantes et humains compris, qu'il comptait écraser toute vie.

Gabrielle rejoignit son mari en maugréant[2].

– Avance, ça va.

– En es-tu certaine, ma chérie ?

– Puisque je te le dis.

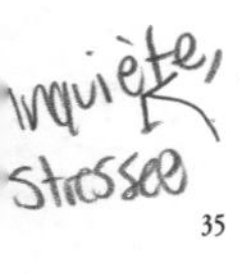

Avait-il lu dans ses pensées ? Se comportait-elle, malgré elle, d'une manière différente ? Soucieuse d'exécuter son plan, elle entreprit de le rassurer par un large sourire.

– En fait, je suis contente d'être remontée ici. J'y venais souvent avec mon père pendant mon enfance.

– Ça, siffla-t-il en jetant un regard panoramique sur les flancs escarpés[3], on se sent petit ici !

La voix intérieure grinça : « Petit, tu le seras bientôt davantage. »

Ils reprirent l'ascension, lui devant, elle derrière.

Surtout ne pas flancher. Le pousser sans hésiter quand il faudra. Ne pas le prévenir. Éviter de soutenir son regard. Se concentrer sur le mouvement judicieux. L'efficacité, seule l'efficacité compte. La décision, elle, a été prise depuis longtemps, Gabrielle ne reviendra pas dessus.

Il commençait à aborder le virage scabreux[4]. Gabrielle pressa l'allure sans attirer l'attention. Crispée, hâtive, la respiration

---

1. Zone de montagne où les moutons peuvent paître
2. Râlant
3. Très raides
4. Ici, difficile

gênée par la nécessité d'être discrète, elle manqua glisser sur une pierre déchaussée[1]. « Ah non, s'esclaffa la voix, pas toi ! Tu ne vas pas avoir un accident alors que la solution approche. » Dans cette défaillance, elle puisa une énergie gigantesque, se rua sur le dos qu'elle suivait et envoya à pleine force son poing au creux de ses reins.

L'homme se cambra, perdit l'équilibre. Elle porta le coup de grâce en frappant les deux mollets de son pied.

Le corps jaillit du sentier et commença sa chute dans le vide. Effrayée, Gabrielle se plaqua en arrière, épaule contre la pente, pour ne pas tomber et pour éviter de voir ce qu'elle avait déclenché.

L'entendre lui suffit…

Un cri retentit, déjà lointain, chargé d'une abominable angoisse, puis il y eut un choc, un deuxième choc, pendant lesquels la gorge hurla encore de douleur, puis de nouveaux chocs, des sons de brisures, de déchirements, quelques roulis de pierres, et puis, soudain, un vrai silence.

Voilà ! Elle avait réussi. Elle était délivrée.

Autour d'elle, les Alpes offraient leur paysage grandiose et bienveillant. Un oiseau planait, immobile, au-dessus des vallées, accroché à un ciel pur, lavé. Nulle sirène ne retentissait pour l'accuser, aucun policier ne surgissait en brandissant des menottes. La nature l'accueillait, souveraine, sereine, complice, en accord avec elle.

1. Détachée

Gabrielle se détacha[1] de la paroi et pencha la tête au-dessus
75 du gouffre. Plusieurs secondes s'écoulèrent avant qu'elle ne repérât le corps disloqué qui ne se trouvait pas dans la direction où elle le cherchait. Fini ! Gab avait cessé de respirer. Tout était simple. Elle n'éprouvait aucune culpabilité, seulement un soulagement. Du reste, elle ne se sentait déjà aucun lien avec
80 le cadavre qui gisait là-bas.

Elle s'assit et cueillit une fleur bleu pâle qu'elle mâchouilla. Maintenant, elle aurait le temps de paresser, de méditer, elle ne serait plus obsédée par ce que Gab faisait ou lui dissimulait. Elle renaissait.

85 Combien de minutes demeura-t-elle ainsi ?

Un bruit de cloche, quoique assourdi par la distance, l'arracha à son extase[2]. Les moutons. Ah oui, il fallait redescendre, jouer la comédie, donner l'alerte. Maudit Gab ! À peine était-il parti qu'elle devait encore lui consacrer son temps, déployer des
90 efforts pour lui, se contraindre ! La laisserait-il jamais tranquille ?

Elle se redressa, rassérénée[3], fière d'elle. L'essentiel accompli, elle n'avait plus guère à avancer pour gagner sa paix.

Rebroussant chemin, elle se rappela son scénario. Comme c'était curieux de se souvenir de ça, d'un projet qui avait été
95 conçu en un temps différent, un temps où Gab l'encombrait de sa présence. Un autre temps. Un temps déjà lointain.

Elle marchait d'un pas leste[4], plus vite qu'elle n'aurait dû, car

---

1. Ici, s'écarta
2. Bonheur intense
3. Sereine, en paix
4. Léger, agile

son essoufflement l'aiderait à convaincre les gens qu'elle était bouleversée. Elle devait juguler[1] son euphorie, escamoter sa joie devant ces trois ans de fureur qui disparaissaient, trois ans où des indignations cuisantes et aiguës[2] avaient planté leurs flèches dans l'intérieur de son crâne. Il ne lui servirait plus du « ma vieille », il ne lui infligerait plus ce regard de pitié qu'il avait eu tantôt en lui tendant la main, il ne prétendrait plus qu'ils étaient heureux alors que c'était faux. Il était mort. Alléluia ! Vive la liberté !

Après deux heures de marche, elle aperçut des randonneurs et courut dans leur direction.

– Au secours ! Mon mari ! S'il vous plaît ! À l'aide !

Tout s'enchaîna merveilleusement. Elle tomba au sol en s'approchant d'eux, se blessa, fondit en larmes et raconta l'accident.

Ses premiers spectateurs mordirent à l'hameçon et avalèrent l'ensemble, l'histoire autant que son chagrin. Leur groupe se scinda[3] : les femmes l'accompagnèrent dans la vallée tandis que les hommes partaient à la recherche de Gab.

À l'hôtel *Bellevue*, son arrivée avait dû être précédée d'un coup de téléphone car le personnel au complet l'accueillit avec des têtes de circonstance. Un gendarme au visage incolore[4] lui annonça qu'un hélicoptère emmenait déjà l'équipe de secouristes.

Au mot « secouristes », elle frissonna. Comptaient-ils le retrouver en vie ? Gab aurait-il pu réchapper à sa chute ? Elle

---

1. Dissimuler
2. Très fortes
3. Divisa
4. Ici, que l'on ne remarque pas, banal.

se rappela son cri, la cessation des cris puis le silence, et en douta.

– Vous… vous croyez qu'il peut être vivant ?

– Nous avons cet espoir, madame. Était-il en bonne condition physique ?

– Excellente, mais il a fait une chute de plusieurs centaines de mètres, en rebondissant sur les rochers.

– On a déjà vu des cas plus surprenants. Tant que nous ne savons pas, notre devoir est de rester optimistes, chère madame.

Impossible ! Soit elle était folle, soit lui l'était. Prononçait-il ces phrases parce qu'il détenait des renseignements ou répétait-il des formules stéréotypées[1] ? La seconde solution sans doute… Gab ne pouvait avoir survécu. À supposer que, par miracle, il soit rescapé, il devait être brisé, traumatisé, perclus d'hémorragies internes et externes, incapable de parler ! Allons, si ce n'était déjà accompli, il allait mourir dans les heures qui viendraient. Aurait-il eu le temps d'articuler quelque chose aux brancardiers ? Juste avant qu'on le treuille[2] dans l'hélicoptère ? L'aurait-il dénoncée ? Improbable. Qu'avait-il compris ? Rien. Non, non, non, et mille fois non.

Elle plongea sa tête entre les mains et les témoins pensèrent qu'elle priait en étouffant ses larmes ; en réalité, elle pestait contre le gendarme. Quoiqu'elle fût sûre d'avoir raison, cet abruti lui avait fichu des doutes ! Voilà qu'elle tremblait de peur, désormais !

---

1. Ici, que l'on utilise à chaque fois
2. Remonte

Soudain une main se posa sur son épaule. Elle sursauta. Le chef des secouristes la fixait avec une mine de cocker battu.

– Il va falloir être courageuse, madame.

– Comment est-il ? cria Gabrielle, déchirée par l'angoisse.

– Il est mort, madame.

Gabrielle poussa un hurlement. Dix personnes se précipitèrent sur elle pour l'apaiser, la consoler. Sans vergogne[1], elle cria et sanglota, bien décidée à se purger[2] de ses émotions : ouf, il ne s'en était pas sorti, il ne parlerait pas, le béat de service lui avait flanqué la trouille pour rien !

Alentour, on la plaignait. Quelle suave volupté, celle de l'assassin tenu pour une victime… Elle s'y consacra jusqu'au repas du soir que, naturellement, elle refusa de prendre.

À neuf heures, la police revint vers elle pour lui expliquer qu'on devait l'interroger. Quoiqu'elle jouât l'étonnement, elle s'y attendait. Avant de passer à l'acte, elle avait répété son témoignage, lequel devait persuader qu'il s'agissait d'un accident et réfuter[3] les doutes qui pèsent d'abord sur le conjoint lors d'un décès.

On l'emmena dans un commissariat de crépi rose où elle raconta sa version des événements en observant un calendrier qui présentait trois chatons ravissants.

Bien que ses interlocuteurs s'excusassent de lui infliger telle

---

1. Honte
2. Se débarrasser
3. Prouver la fausseté

170 ou telle question, elle continuait comme si elle n'imaginait pas une seconde qu'on la soupçonnât de quoi que ce soit. Elle amadoua[1] chacun, signa le procès-verbal et rentra à l'hôtel pour passer une nuit paisible.

Le lendemain, ses deux filles et son fils débarquèrent, flan-
175 qués[2] de leurs conjoints, et, cette fois-ci, la situation l'embarrassa. Devant le chagrin de ses enfants aimés, elle éprouva un authentique remords, pas le regret d'avoir tué Gab, mais la honte de leur infliger cette peine. Quel dommage qu'il fût aussi leur père ! Quelle bêtise qu'elle ne les ait pas conçus avec un
180 autre pour leur éviter de pleurer celui-là... Enfin, trop tard. Elle se réfugia dans une sorte de mutisme[3] égaré.

Seul intérêt pratique de leur présence : ils allèrent reconnaître le cadavre à la morgue afin d'épargner leur mère. Ce qu'elle apprécia.

185 Ils tentèrent aussi d'intercepter[4] les articles de la presse régionale relatant la chute tragique, n'imaginant pas que ces titres « Mort accidentelle d'un randonneur » ou « Victime de son imprudence » réjouissaient Gabrielle parce qu'ils lui confirmaient, noir sur blanc, la mort de Gab et son innocence à elle.

190 Un détail pourtant lui déplut : au retour de l'institut médico-légal, sa fille aînée, les yeux rougis, se crut obligée de glisser à l'oreille de sa mère : « Tu sais, Papa, même mort, était très beau. » De quoi se mêlait-elle, cette gamine ? La beauté de Gab,

1. Flatta pour mettre de son côté
2. Accompagnés
3. Silence
4. Prendre au passage

ça ne concernait que Gabrielle ! Gabrielle exclusivement ! N'avait-elle pas assez souffert à cause de cela ?

Après cette remarque, Gabrielle se ferma jusqu'à la fin des funérailles.

Lorsqu'elle retourna chez elle, à Senlis, les voisins et les amis vinrent présenter leurs condoléances. Si elle accueillit les premiers avec plaisir, elle s'exaspéra[1] vite de devoir répéter le même récit et écouter, en écho, des banalités identiques. Derrière un visage triste, résigné, elle bouillait de colère : à quoi bon se débarrasser de son mari pour parler de lui sans cesse ! D'autant qu'elle était impatiente de filer au troisième étage, de défoncer le mur, de fouiller sa cachette et de découvrir ce qui la tourmentait. Vivement qu'on la laisse seule !

Leur hôtel particulier, proche de l'enceinte fortifiée, ressemblait aux châteaux dessinés dans les livres de contes, multipliant, sous le fouillis des rosiers grimpants, les tourelles, les créneaux, les meurtrières, les balcons sculptés, les rosaces[2] décoratives, les envols de marches, les fenêtres aux pointes gothiques et aux vitres colorées. Avec l'expérience, Gabrielle s'appuyait sur les exclamations de ses visiteurs pour déterminer leur degré[3] d'inculture et les avait classés en quatre catégories, du barbare au

1. S'énerva
2. Ornements décoratifs en forme de rose
3. Ici, niveau

BIEN LIRE

Gabrielle avait-elle prémédité son crime ?
Pourquoi a-t-elle tué son mari ?
La scène se déroule-t-elle comme elle l'avait prévu ?
Comment se comporte-t-elle ensuite avec ses enfants ?

215 barbant. Le barbare jetait un œil hostile aux murs en grommelant : « C'est vieux, ici » ; le barbare se croyant cultivé murmurait : « C'est du Moyen Âge, non ? » ; le barbare vraiment cultivé décelait[1] l'illusion : « Style médiéval construit au XIXe siècle ? » ; enfin le barbant criait : « Viollet-le-Duc ! » avant 220 d'ennuyer tout le monde en commentant chaque élément que le fameux architecte et son atelier avaient pu déformer, restituer, inventer.

Une telle résidence n'avait rien de surprenant à Senlis, village de l'Oise, au nord de Paris, qui rassemblait sur sa crête 225 maintes[2] demeures historiques. À côté de pierres datant de Jeanne d'Arc ou de bâtisses édifiées[3] aux XVIIe et XVIIIe siècles, celle de Gabrielle apparaissait même comme l'une des moins élégantes car récente – un siècle et demi – et d'un goût discuté[4]. Néanmoins, leur couple y avait vécu depuis qu'elle l'avait 230 héritée de son père et Gabrielle trouvait amusant que ses murs la dénoncent comme appartenant aux « nouveaux riches », elle qui ne s'était jamais estimée ni riche ni nouvelle.

Au troisième niveau de cette habitation qui aurait enchanté Alexandre Dumas ou Walter Scott, une pièce appartenait à 235 Gab. Après leur mariage, il avait été convenu, afin qu'il se sentît chez lui bien qu'il s'installât chez elle, qu'il aurait la jouissance[5] totale de cette partie sans que Gabrielle ne la lui

1. Trouvait, remarquait
2. De nombreuses
3. Construites
4. Qui n'est pas partagé par tous
5. Ici, possession

disputât ; elle avait la permission de venir l'y rejoindre lorsqu'il s'y attardait, sinon elle ne devait pas s'y rendre.

Le lieu ne présentait rien d'exceptionnel – des livres, des pipes, des cartes, des mappemondes –, offrait un confort minimal – des fauteuils de cuir défoncés – mais comportait un orifice dans l'épais mur, obstrué par une trappe verticale. Gab l'avait ménagé vingt ans plus tôt en retirant des briques. Quand il y ajoutait un objet, il maçonnait de nouveau la surface avec un crépi afin de camoufler le réduit aux regards. À cause de ces précautions, Gabrielle savait qu'elle n'aurait pu être indiscrète sans en fournir la preuve. Par amour d'abord, par crainte ensuite, elle avait donc toujours respecté le secret de Gab. Souvent, il s'en amusait et la plaisantait, testant sa résistance…

Désormais, plus rien ne s'opposait à ce qu'elle détruise le revêtement.

Les trois premiers jours, elle aurait jugé indécent de saisir un marteau et un pied-de-biche[1] ; de toute façon, vu l'afflux de visiteurs, elle n'en eut pas le temps. Le quatrième, notant que ni le téléphone ni la cloche extérieure ne retentissaient, elle se promit, après un tour à son magasin d'antiquités, trois cents mètres plus loin, de rassasier[2] sa curiosité.

Presque à la sortie de la ville, l'enseigne « G. & G. de Sarlat » en lettres dorées annonçait, sobre[3], une boutique d'antiquités comme la région les aimait, c'est-à-dire un lieu où l'on chinait[4]

1. Levier recourbé utilisé le plus souvent pour arracher des clous
2. Satisfaire
3. D'aspect simple, modeste
4. Cherchait dans les brocantes

aussi bien des pièces importantes – buffets, tables, armoires – pour meubler les vastes résidences secondaires que des bibelots – lampes, miroirs, statuettes – pour décorer des intérieurs
265 constitués. Aucun style particulier n'était représenté ici, la plupart l'étaient, y compris en d'épouvantables imitations, pourvu qu'elles aient plus de cent ans.

Les deux employés la mirent au courant des mouvements de pièces pendant les vacances fatales[1] en Savoie puis Gabrielle
270 rejoignit sa comptable. À l'issue d'une brève consultation, elle parcourut le magasin qui s'était rempli de commères depuis qu'on avait appris dans les rues alentour que « cette pauvre Mme Sarlat » s'y trouvait.

Elle tressaillit[2] en apercevant Paulette parmi elles.

275 – Ma pauvre cocotte, s'exclama Paulette, si jeune et déjà si veuve !

Paulette chercha un cendrier où poser la cigarette fumante qu'elle avait maculée[3] d'orange à lèvres, n'en rencontra pas, l'éteignit donc sous son talon vert, sans se soucier de brûler le
280 linoléum[4], et s'avança, théâtrale, vers Gabrielle en ouvrant les bras.

– Ma pauvre chérie, je suis si malheureuse de te voir malheureuse.

Gabrielle se laissa embrasser en tremblant.

---

1. Mortelles
2. Sursauta
3. Tachée
4. Revêtement de sol

Paulette demeurait la seule femme qu'elle redoutait tant celle-ci lisait la vérité dans les êtres. Considérée par beaucoup comme la pire langue de vipère[1], elle avait le don de traverser les parois des crânes avec un rayon laser, son regard insistant, ses yeux globuleux, pour tourner ensuite des phrases qui pouvaient démolir à jamais la réputation d'un individu.

Le temps de l'étreinte, Gabrielle s'asphyxia en mangeant quelques cheveux jaunes et secs de Paulette, épuisés par des décennies de teintures et de mises en plis, puis affronta avec bravoure ce visage luisant d'une crème bistre[2].

– Dis-moi, la police t'a interrogée ? Ils t'ont demandé si tu l'avais tué, bien sûr ?

« Voilà, songea Gabrielle, elle se doute déjà que c'est moi. Elle ne perd pas de temps, elle attaque aussitôt. »

Gabrielle acquiesça en pliant le cou. Paulette réagit en hurlant :

– Les salauds ! Te contraindre à ça, toi ! Toi ! Toi qui étais folle de ton Gab, qui bouffais la moquette depuis trente ans devant lui ! Toi qui te serais fait opérer en n'importe quoi s'il te l'avait demandé, en homme ou en souris ! Ne m'étonne pas ! Des salauds ! Tous des salauds ! Sais-tu ce qu'ils m'ont fait, à moi ? Quand j'élevais mon second, Romuald, j'avais dû un jour l'amener à l'hôpital parce que le gamin s'était fichu des bleus en ratant sa sortie de bain ; figure-toi que la police est venue

1. Personne qui dit du mal des autres
2. D'une couleur brune, jaunâtre. Ici, il est question du fond de teint.

me chercher aux urgences pour me demander si je ne l'avais
310 pas maltraité ! Si ! Ils m'ont traînée au poste ! En garde à vue !
Moi ! Quarante-huit heures ça a duré. Moi, la mère, je passais
pour une coupable alors que j'avais conduit mon gosse à l'hôpital ! Les porcs ! Ils t'ont infligé le même sort ?

Gabrielle comprit que Paulette, loin de la suspecter, se ran-
315 geait de son côté. Elle lui donnait sa sympathie d'ex-victime.
Pour elle, toute femme interrogée par la police devenait de
suite, par analogie avec son cas, une innocente.

– Oui, moi aussi. Le soir même.

– Les chacals ! Combien de temps ?

320 – Plusieurs heures !

– Bande de rats ! Mon pauvre poussin, ça t'a humiliée, hein ?

Paulette, offrant à Gabrielle la tendresse qu'elle éprouvait
pour elle-même, écrasa de nouveau son amie contre elle.

Soulagée, Gabrielle lui permit de vitupérer[1] un bon moment
325 puis retourna à la maison pour s'attaquer à la cachette de Gab.

À midi, elle gravit les marches, outils en main, et commença
à détruire les protections. La planche sauta, découvrant un
espace où quatre coffrets avaient été empilés.

Elle approcha une table basse et les y déposa. Si elle ignorait
330 ce qu'ils contenaient, elle reconnaissait les emballages, des
grandes boîtes de biscuits en métal dont les étiquettes, quoique
mangées par le temps et l'humidité, indiquaient « Madeleines
de Commercy », « Bêtises de Cambrai », « Coussins de Lyon »
ou autres confiseries.

---

1. Injurier

Elle entrouvrait un couvercle quand la cloche d'entrée la dérangea.

Quittant son travail en friche[1], elle ferma la porte en abandonnant la clé sur la serrure puis descendit ouvrir, décidée à dégager prestement[2] le fâcheux[3].

– Police, madame ! Pouvons-nous entrer ?

Plusieurs hommes aux mâchoires sévères se tenaient sur le perron.

– Bien sûr. Que voulez-vous ?

– Êtes-vous Gabrielle de Sarlat, épouse de feu Gabriel de Sarlat ?

– Oui.

– Veuillez nous suivre, s'il vous plaît.

– Pourquoi ?

– Vous êtes attendue au commissariat.

– Si c'est pour me poser des questions sur l'accident de mon mari, cela a été fait par vos collègues savoyards.

– Il ne s'agit plus de la même chose, madame. Vous êtes suspectée d'avoir tué votre mari. Un berger vous a vue le pousser dans le vide.

Après dix heures de garde à vue, Gabrielle hésitait à déterminer qui elle détestait le plus, le commissaire ou son avocat.

1. Ici, sans l'avoir terminé
2. Rapidement
3. Celui qui dérange

BIEN LIRE

Quelle impression donne Gabrielle aux autres ? au lecteur ?
Quelle importance l'expérience vécue que raconte Paulette prend-elle dans ce passage ?

Peut-être aurait-elle excusé le commissaire… Lorsque celui-ci la tourmentait[1], il se contentait d'accomplir son métier, il n'y ajoutait ni vice ni passion, il essayait honnêtement de la transformer en coupable. En revanche, son avocat la troublait car il voulait savoir. Or elle le payait pour croire, pas pour savoir ! Ce qu'elle achetait, c'était sa science des lois, sa pratique des tribunaux, son énergie à la défendre ; elle se moquait qu'il connût ou pas la vérité.

Dès qu'ils avaient été seuls, Maître Plissier, brun quadragénaire au physique avantageux, s'était penché sur sa cliente d'un air important en prenant une voix grave, le genre de voix qu'on attribue aux cow-boys héroïques dans les westerns américains doublés :

– Maintenant, à moi et rien qu'à moi, confiez la vérité, madame Sarlat. Ça ne sortira pas d'ici. Avez-vous poussé votre mari ?

– Pourquoi aurais-je fait ça ?

– Ne me répondez pas par une question. L'avez-vous poussé ?

– C'était ma réponse « pourquoi aurais-je fait ça ? ». On m'accuse d'un acte qui n'a aucun sens. J'aimais mon mari. Nous étions heureux ensemble depuis trente ans. Nous avons eu trois enfants qui peuvent en témoigner.

– Nous pouvons plaider le crime passionnel.

– Le crime passionnel ? À cinquante-huit ans ? Après trente ans de mariage ?

1. Torturait

– Pourquoi pas ?

– À cinquante-huit ans, monsieur, si on s'aime encore, c'est qu'on s'aime bien, sur un mode lucide[1], harmonieux, dépassionné[2], sans excès, sans crise.

– Madame Sarlat, cessez de m'expliquer ce que je dois penser mais dites-moi plutôt ce que vous pensez. Vous auriez pu être jalouse.

– Ridicule !

– Il vous trompait ?

– Ne le salissez pas.

– Qui hérite de votre mari ?

– Personne, il ne possédait rien. Tout le capital[3] m'appartient. De plus, nous étions mariés sous le régime de la séparation de biens.

– Pourtant, il a un patronyme[4] de bonne famille…

– Oui, Gabriel de Sarlat, ça impressionne toujours. On croit que j'ai épousé une fortune alors que j'ai juste décroché une particule[5]. Mon mari n'avait pas un sou et n'a jamais vraiment su gagner de l'argent. Notre patrimoine[6] vient de moi, de mon père plutôt, Paul Chapelier, le chef d'orchestre. La disparition de mon mari n'améliore pas ma situation financière ; elle ne change rien, voire la gêne car c'est lui qui transportait en camionnette

1. Avec l'esprit clair
2. Sans passion, avec calme
3. Les biens, les possessions
4. Nom de famille
5. Préposition "de" placée avant un nom de famille et indiquant la noblesse
6. Nos biens

les antiquités que nous vendions au magasin et que, si je veux
405 continuer, je devrai engager un employé supplémentaire.

– Vous n'avez pas répondu à ma question.

– Je ne fais que ça, monsieur.

– Maître…

– Ne soyez pas ridicule. Je n'ai aucun intérêt à la mort de
410 mon mari. Lui en aurait peut-être eu davantage à la mienne.

– Est-ce lui qui, dans cette intention, a essayé de vous pousser ?

– Vous êtes fou ?

– Réfléchissez. Nous pourrions accréditer[1] cette thèse, un
415 combat entre vous. Sur ce chemin de montagne, il décide de vous supprimer pour s'emparer de votre argent. En le repoussant, vous avez cédé à la légitime défense.

– Séparation de biens ! Il n'aurait rien touché à ma mort, pas plus que moi à la sienne. Et pourquoi inventez-vous des scé-
420 narios pareils ?

– Parce qu'un homme vous a vue, madame ! Le berger qui gardait son troupeau raconte que vous vous êtes précipitée sur votre mari et que vous l'avez poussé dans le vide.

– Il ment !

425 – Quel intérêt aurait-il à mentir ?

– C'est extraordinaire, ça… Moi, quand j'avance que je n'ai aucun intérêt à tuer mon mari que j'aimais, vous doutez, tandis que vous croyez le berger sous prétexte que lui n'a aucun

1. Rendre crédible

intérêt à mentir ! Deux poids, deux mesures[1] ! Par qui êtes-vous engagé ? Par le berger ou bien par moi ? C'est ahurissant ! Je peux vous donner cent raisons, moi, pour que votre berger mente : se rendre intéressant, devenir le héros de son canton[2], se venger d'une femme ou de plusieurs à travers moi, foutre la merde pour le plaisir de foutre la merde ! Et puis, à quelle distance se trouvait-il ? Cinq cents mètres ? Huit cents mètres ? Deux kilomètres ?

– Madame de Sarlat, n'improvisez pas ma plaidoirie[3] à ma place. Nous avons contre nous un témoignage accablant[4] : il vous a vue !

– Eh bien moi, je ne l'ai pas vu.

Maître Plissier s'arrêta pour dévisager Gabrielle. Il s'assit à côté d'elle et se passa la main sur le front, soucieux[5].

– Dois-je prendre cela pour un aveu ?

– Quoi ?

– Vous avez regardé autour de vous avant de pousser votre mari et vous n'avez remarqué personne. C'est bien cela que vous êtes en train de me confesser ?

– Monsieur, je suis en train de vous indiquer qu'après la chute de mon mari, j'ai regardé partout et appelé à grands cris car je cherchais du secours. Votre fameux berger ne s'est pas montré, ne m'a pas répondu. C'est curieux, ça, tout de même ! S'il avait

1. Expression désignant une injustice
2. Secteur géographique, région
3. Discours d'un avocat en faveur de son client
4. Qui accuse
5. Inquiet

prévenu les guides ou s'il était allé aux pieds de mon mari, peut-être que… Quand il me charge, n'est-ce pas pour se protéger lui ?

– De quoi ?

455 – Non-assistance à personne en danger. Je parle de mon mari. Et de moi, accessoirement[1].

– Pas mauvais comme idée pour retourner la situation, cependant je me réserve ce genre d'argumentation. Ce serait louche dans votre bouche.

460 – Ah bon ? On m'accuse d'une monstruosité mais il ne faudrait pas que j'aie l'air trop maligne, c'est agréable !

Elle feignit[2] l'irritation[3] quoiqu'au fond elle fût contente d'avoir compris comment manipuler son avocat.

– Je vais le traîner devant les tribunaux, ce berger, moi !

465 – Pour l'instant, c'est vous qui êtes mise en examen, madame.

– J'ai dû dévaler la montagne pendant des heures pour croiser des randonneurs et alerter les secours. Votre berger, s'il a vu mon mari tomber, pourquoi il n'est pas allé le soutenir ? Pourquoi il n'a prévenu personne ? Parce que si on avait réagi 470 à temps, mon mari serait peut-être encore vivant…

Puis, excédée[4] d'accomplir la besogne[5] de l'avocat à sa place, elle décida de piquer une crise de larmes et sanglota une bonne dizaine de minutes.

À l'issue de ces convulsions[6], Maître Plissier, touché, se mit

1. Éventuellement
2. Fit semblant
3. Colère
4. Agacée
5. Travail
6. Secousses physiques

dès lors à créditer[1] tous ses propos. Elle le méprisa davantage pour ce revirement : se laisser abuser[2] par des sanglots, quel balourd[3] ! Au fond, devant une femme résolue[4], il n'y avait pas sur terre un homme plus malin qu'un autre.

Le commissaire revint et commença son interrogatoire. Il tourna autour des mêmes points ; Gabrielle, de façon moins coupante qu'avec son avocat, répondit à l'identique.

Comme le commissaire était plus astucieux que l'avocat, après avoir exclu les mobiles d'intérêt, il revint sur le couple que Gabrielle formait avec Gab.

– Soyez franche, madame Sarlat, votre époux ne voulait-il pas vous quitter ? Avait-il une maîtresse ? Des maîtresses ? Votre relation était-elle aussi satisfaisante qu'avant ? N'aviez-vous aucun motif de reproche à son égard ?

Gabrielle comprit que son sort se jouerait sur cette zone d'ombre[5] et adopta une tactique qu'elle conserva jusqu'au bout.

– Je vais vous déclarer la vérité, monsieur le commissaire : Gab et moi, nous étions le couple le plus chanceux de l'univers. Il ne m'a jamais trompée. Je ne l'ai jamais trompé. Essayez de trouver quelqu'un qui dise le contraire : c'est impossible. Non seulement j'aimais plus que tout au monde mon mari mais je ne guérirai pas de sa mort.

1. Considérer comme vrais
2. Tromper
3. Ici, idiot
4. Décidée
5. Inconnue

BIEN LIRE

Quelle est l'envie de Gabrielle une fois rentrée ?
Quelle première impression Paulette fait-elle sur le lecteur ?
Qui est Maître Plissier ? Que pense-t-il de l'affaire ?
Quel système de défense Gabrielle prend-elle ?

Si Gabrielle avait aperçu, à cet instant, où la mènerait quelques mois plus tard ce système de défense, peut-être n'aurait-elle pas été si fière de son idée…

Deux ans et demi.

Gabrielle passa en détention préventive deux ans et demi à attendre son procès.

Plusieurs fois, ses enfants tentèrent d'obtenir la liberté provisoire en arguant de la présomption d'innocence mais la justice refusa pour deux raisons, l'une essentielle, l'autre contingente[1] : la première était le témoignage à charge du berger, la deuxième des polémiques amplifiées par les journaux concernant le laxisme des magistrats.

Malgré la dureté de la prison, Gabrielle ne déprimait pas. Après avoir attendu d'être délivrée de son mari, elle attendait d'être délivrée de cette accusation. Elle avait toujours été patiente – qualité nécessaire lorsqu'on travaille dans le commerce des antiquités – et refusait d'être entamée[2] par cet accident de parcours.

De sa cellule, elle songeait souvent aux quatre boîtes qu'elle avait laissées sur la table basse, les boîtes contenant le secret de Gab… Quelle ironie ! Alors qu'elle avait entrepris ces actes pour les ouvrir, voilà qu'on l'avait arrêtée la main sur le couvercle. Sitôt qu'elle sortirait blanchie par les tribunaux, elle irait découvrir le mystère des boîtes à biscuits. Ce serait sa récompense.

---

1. Dépendant du hasard
2. Blessée

avocat

Selon Maître Plissier, le procès s'annonçait sous une lumière favorable : les éléments de l'enquête allaient dans leur sens ; tous les témoins, à l'exception du berger, devenaient des témoins à décharge, se rangeant derrière le banc de la défense ; et, du commissaire au juge d'instruction, Gabrielle s'était montrée de plus en plus persuasive[1] à mesure que les interrogatoires se succédaient.

Car Gabrielle savait parfaitement comment bien mentir : il suffisait de dire la vérité. Elle l'avait appris de son père, Paul Chapelier, qu'elle accompagnait, enfant, dans ses déplacements professionnels. Lorsque ce talentueux chef d'orchestre ne dirigeait pas lui-même les musiciens, il assistait à des concerts à l'issue desquels sa notoriété l'obligeait à passer en coulisses pour complimenter les artistes. Soucieux de ne pas froisser des collègues avec lesquels il avait joué ou pourrait jouer, il choisissait de ne formuler que ce qu'il avait apprécié ; virant les critiques négatives, il n'échangeait que sur les points positifs et, s'il n'y avait qu'un seul misérable détail digne de louange, il s'en emparait, l'amplifiait, le développait. Il ne mentait donc jamais, sinon par omission. Dans ses conversations, les interprètes le sentaient sincère et restaient libres de comprendre davantage, les prétentieux le donnant pour enthousiaste et les lucides prisant[2] sa courtoisie. Paul Chapelier répétait à sa fille : « Je n'ai pas assez de mémoire pour faire un bon menteur. » En ne livrant que la vérité et en évitant de s'épancher[3] sur ce qui fâche, il

1. Convaincante
2. Appréciant
3. Développer son sujet, s'étendre sur un sujet

avait réussi à ne pas se contredire et à collectionner les amis dans un milieu pourtant cannibale.

Gabrielle avait adopté sa méthode durant ces deux ans et demi. Pour parler de Gab, elle ne se remémorait que la période
550 radieuse, la période d'amour intense et partagé. Lui s'appelait Gabriel, elle Gabrielle ; ensemble ils devinrent Gab et Gaby. Les hasards de la vie et de l'état civil leur firent un cadeau rare, porter, après mariage, le même nom à la syllabe près, Gabriel(le) de Sarlat. Selon elle, cette identité commune exprimait la force
555 de leur couple, l'indestructibilité de leur union. À ces fonctionnaires payés pour l'écouter, Gabrielle racontait son coup de foudre immédiat pour ce jeune homme qu'elle trouva timide alors qu'il n'était que bien élevé, leur long flirt, leurs escapades, la demande en mariage embarrassée[1] au père artiste que le gar-
560 çon admirait, la cérémonie à l'église de la Madeleine où retentit un orchestre symphonique au complet. Sans qu'on l'en priât, elle évoquait son attraction inentamée[2] pour ce corps net, élégant, jamais guetté par la graisse ni l'épaississement après cinquante ans, comme si la minceur était une qualité aristocratique
565 livrée avec la particule. Elle égrenait[3] leur bonheur en un interminable chapelet[4], les enfants, les mariages des enfants, les naissances de petits-enfants, et, malgré le temps qui s'écoule, un homme au physique intact, aux sentiments intacts, au regard

1. Gênée
2. Intacte, comme au premier jour
3. Évoquait au fur et à mesure
4. Ici, suite d'événements

intact sur elle, toujours empressé[1], respectueux et désirant. De temps en temps, elle se rendait compte qu'elle provoquait un malaise chez ses auditeurs, un trouble qui tenait de l'envie ; un jour, le juge d'instruction alla jusqu'à soupirer :

– C'est trop beau pour être vrai, madame, ce que vous me racontez.

Elle le considéra avec compassion et murmura :

– Avouez plutôt que c'est trop beau pour vous, monsieur.

Gêné, il n'insista pas. D'autant que les proches du couple, enfants, gendres, bru, amis, voisins, confirmèrent cet amour idyllique[2]. Pour clore le dossier d'instruction, l'inculpée passa deux fois au détecteur de mensonge avec succès.

La détention avait instauré une solitude chez Gabrielle dont elle ne s'échappait qu'en rejoignant ses souvenirs. Du coup, Gab avait pris une place accrue et insensée dans sa nouvelle vie de prisonnière : soit elle parlait de lui, soit elle pensait à lui. Qu'elle fût isolée ou en compagnie, il était là, lui et lui seul, bienveillant, réconfortant. Fidèle.

Le problème, c'est qu'à force de ne dire que des choses vraies, on finit par les croire. En occultant les trois dernières années de sa vie avec Gab, en ne dévoilant que vingt-sept ans de félicité[3], Gabrielle comprenait de moins en moins ce qui s'était passé, ce qui l'avait changée. Tout juste si elle se souvenait du « déclic », cette phrase qui l'avait alertée… Mieux valait ne plus

1. Soucieux et attentif
2. Idéal, parfait
3. Bonheur

indice qu'elle va se suicider.

y penser, d'ailleurs, à quoi bon ! La Gaby qui, à cause du « déclic », avait été capable de tuer son mari, cette femme-là, la meurtrière, elle ne devait plus exister jusqu'à l'acquittement ; Gabrielle la noya donc dans un puits d'oubli, se coupa des mobiles et raisons qui l'avaient conduite à trucider[1] Gab, et condamna cette zone de son esprit en elle.

À force de l'évoquer, elle redevenait la Gabrielle amoureuse et aimée, incapable de porter la main sur cet homme. Telle une actrice qui, contrainte à fréquenter un personnage, finit par s'identifier et débarque, hallucinante de vérité, sur un plateau de cinéma, Gabrielle arriva à son procès en héroïne inconsolable victime d'une odieuse accusation.

Dès le premier jour d'audience, un consensus[2] se dégagea en sa faveur. Au deuxième, les reporters parlaient déjà d'une imputation[3] infondée[4]. Au troisième, des inconnues pleuraient à chaudes larmes au dernier rang de la salle comble en prenant parti pour l'innocente bafouée[5]. Au quatrième, ses enfants passèrent en boucle aux journaux télévisés pour exprimer leur émotion et leur indignation.

Gabrielle traversait les interrogatoires et suivait les auditions des témoins avec une attention serrée ; elle veillait à ce que rien, ni chez elle ni chez les autres, n'entamât[6] la version qu'elle avait construite ; on aurait cru un compositeur scrupuleux[7] assistant aux répétitions de son œuvre, la partition sur les genoux.

1. Tuer
2. Accord général
3. Fait d'attribuer une faute à quelqu'un
4. Sans preuve
5. Insultée
6. Ne dit le contraire de
7. Très attentif au détail

Comme prévu, le berger se révéla assez catastrophique lors de son témoignage. Non seulement il parlait un français approximatif – or, dans ce pays, une faute de syntaxe ou de vocabulaire ne trahit pas qu'un manque d'éducation, elle révèle une agression contre la société entière, elle s'assimile[1] à un blasphème[2] craché au culte national de la langue –, mais il se plaignit d'avoir dû avancer l'argent de son billet pour « monter sur Compiègne », et grommela[3] un bon quart d'heure sur ce thème. Questionné par Maître Plissier, il commit ensuite la maladresse d'avouer reconnaître Gabrielle de Sarlat « par sa photo dans les journaux » puis n'apporta que des explications odieuses[4] sur sa mollesse à secourir le corps, « c'est sûr qu'après une chute pareille, ça ne pouvait être que de la charpie, pas besoin d'aller vérifier, je ne suis pas con, quand même. »

En dehors du berger, tout corroborait[5] l'innocence de Gabrielle. L'avant-dernier jour, elle se détendit un peu. Du coup, lorsque le médecin de famille vint à la barre, elle ne s'attendit pas à être fauchée par l'émotion.

Le docteur Pascal Racan, fidèle ami du couple Sarlat, racontait plusieurs anecdotes anodines[6] concernant Gab et Gaby, au milieu desquelles celle-ci :

– Rarement vu un couple aussi amoureux. Lorsque l'un d'eux entreprenait quelque chose, ce n'était pas pour lui, c'était pour l'autre. Ainsi, Gaby voulait continuer à plaire à son mari

1. Ressemble
2. Insulte à la religion
3. Grogna
4. Ici, insupportables
5. Allait dans le sens de
6. Sans importance

et, pour ce, pratiquait le sport, me demandait des conseils de diététique. Gab, lui, quoique sec et mince, souffrait d'hypertension et s'inquiétait non pas de cette maladie contrôlée par de bons médicaments, mais des effets du traitement. Comme
645 vous le savez, les bêtabloquants[1] baissent la libido[2], diminuent l'appétit sexuel. Il venait fréquemment m'en parler car il craignait que sa femme pense qu'il la désirait moins. Ce qui était faux, il avait juste moins envie. Jamais vu une telle angoisse chez un homme. Jamais connu quelqu'un aussi soucieux de sa com-
650 pagne. Dans ces cas-là, la plupart des hommes ne pensent qu'à eux, qu'à leur santé ; et lorsqu'ils constatent que l'appétence[3] décroît, ça les arrange, ça diminue leur taux de relations adultères, ils sont ravis de devenir plus vertueux pour des raisons médicales sans que ça leur coûte d'efforts. Gab, lui, ne songeait
655 qu'à la réaction de Gaby.

En entendant ce détail inconnu d'elle, Gabrielle fut incapable de retenir une crise de larmes. Elle promit de se rétablir mais, bouleversée, n'y parvint pas, de sorte que Maître Plissier demanda une suspension d'audience que la cour lui accorda.

660 Les membres de l'assistance crurent comprendre pourquoi Gabrielle avait été émue. Celle-ci n'avoua rien à Maître Plissier mais, dès qu'elle se montra capable de parler, elle lui formula une requête :

---

1. Médicaments utilisés pour réguler la tension
2. Le désir sexuel
3. Le désir

– S'il vous plaît, je m'enfonce, je ne résiste plus… Pouvez-vous demander un service à ma fille aînée ?

– Oui.

– Qu'elle m'apporte ce soir à la prison les quatre boîtes à biscuits qui se trouvent sur une petite table basse, dans la pièce de leur père. Elle comprendra de quoi je parle.

– Il n'est pas évident qu'elle ait le droit de vous communiquer cela au parloir.

– Oh, je vous en supplie, je vais m'effondrer.

– Allons, allons, plus que vingt-quatre heures. Demain sera le dernier jour, le jour des plaidoiries. Nous serons fixés le soir.

– J'ignore ce qui sera décidé demain, vous aussi, malgré votre confiance et votre talent. Allons, maître, s'il vous plaît, je ne peux plus tenir, je vais faire une bêtise.

– En quoi ces boîtes de biscuits…

– S'il vous plaît. Je ne supporte plus rien, je ne réponds pas de moi.

Il comprit qu'elle le menaçait, sincère, d'attenter à sa vie. Constatant son trouble, redoutant qu'elle n'aille pas jusqu'au bout d'un procès dont l'issue lui semblait victorieuse – une pierre blanche dans sa carrière –, il eut peur d'un faux pas et jura qu'il apporterait lui-même les boîtes qu'elle demandait. Tant pis, il prendrait le risque !

À sa vive surprise, car elle ne l'avait pas habitué aux effusions[1], il fut saisi aux épaules par Gabrielle qui l'embrassa.

1. Embrassades

L'audience reprit mais Gabrielle n'y prêta pas l'oreille, elle ne 690 songeait qu'au témoignage du médecin, aux boîtes à secrets, au « déclic », à ce qu'elle taisait depuis deux ans et demi.

De retour dans la fourgonnette qui la ramenait à la prison, elle relâcha ses jambes et réfléchit.

À force de n'écouter que des gens qui parlaient d'elle et de 695 lui sans savoir, elle finissait par brasser des idées confuses.

Pourquoi l'avait-elle tué ?

À cause du « déclic »... Se serait-elle trompée ?

À la prison, elle demanda la permission exceptionnelle d'aller à la douche. À cause de son comportement exemplaire et 700 du traitement complaisant que les médias donnaient à son procès, elle l'obtint.

Elle se glissa sous l'eau presque brûlante. Se laver ! Se purifier des sottises qu'elle avait pu débiter ou entendre ces derniers jours. Repenser à ce qui s'était passé, au « déclic »...

705 Le « déclic » était venu de Paulette... Lorsque cette grande femme dégingandée[1] aux traits virils vint s'établir avec son mari à Senlis, elle fréquenta souvent le magasin de Gabrielle pour meubler et décorer sa nouvelle maison. Même si, au premier abord, elle la jugea vulgaire par son apparence – autant de cou-

1. Ayant une allure un peu disloquée

BIEN LIRE

De qui Gabrielle tient-elle ses qualités de menteuse ?
Comment se comporte-t-elle au cours du procès ?
Quel témoignage la bouleverse et pourquoi ?
Pourquoi demande-t-elle les boîtes de son mari ?

leurs sur Paulette que sur un perroquet du Brésil – et par son verbe, Gabrielle se divertissait beaucoup avec cette cliente car elle appréciait son insolence, son mépris du qu'en-dira-t-on, ses reparties percutantes, incongrues[1] mais pertinentes[2]. Plusieurs fois, elle la défendit contre son personnel ou des chalands[3] effarouchés[4]. Elle lui accorda un crédit[5] particulier : la nouvelle venue avait le don de repérer les coups tordus. Méfiante et perspicace[6], Paulette attira son attention sur un trafic de fausses opalines[7], puis sur un gang qui démontait les cheminées anciennes ; enfin et surtout, elle repérait d'un seul coup d'œil les vices et les secrets des villageois, dépravations[8] obscures que Gabrielle soit méconnaissait, soit avait mis des années à découvrir. Éblouie par la clairvoyance[9] de Paulette, Gabrielle aimait passer du temps avec elle, assise sur les fauteuils à vendre.

Un jour, alors qu'elles bavardaient, Gabrielle remarqua l'œil noir de Paulette qui, de côté, tel celui d'un oiseau, suivait par accrocs les mouvements d'un intrus. L'objet de scrutation[10] était Gab, que Paulette n'avait encore pas rencontré. Amusée d'apprendre ce qu'elle en dirait, Gaby ne lui signala pas que son mari adoré venait de débouler au magasin.

Si la conversation roulait, Gabrielle saisissait bien que Paulette ne perdait pas une miette des déplacements, des attitudes et réflexions de Gab.

1. Déplacées
2. Pleines de bon sens
3. Clients
4. Effrayés
5. Ici, une qualité
6. Capable de deviner
7. Objets en verre ayant une couleur un peu laiteuse
8. Corruptions
9. Capacité à voir les choses
10. D'observation

– Qu'en penses-tu ? demanda soudain Gabrielle en lançant un clin d'œil en direction de Gab.

735 – Celui-là ? Oh là là, c'est le parfait faux cul. Trop poli pour être honnête. Hypocrite de chez hypocrite. Avec mention spéciale et compliments de la maison.

Gabrielle fut si déconcertée[1] qu'elle demeura bouche ouverte jusqu'à ce que Gab se précipitât vers elle, l'embrassât puis saluât 740 Paulette.

Dès qu'elle comprit sa bévue, celle-ci changea d'attitude, s'excusa le lendemain de sa réflexion auprès de Gabrielle, mais il était trop tard : le ver s'était introduit dans le fruit.

À partir de cet instant, jour après jour, l'œil que porta Gaby 745 sur Gab changea. Si Paulette avait affirmé cela, il y avait une cause : elle ne se trompait jamais ! Gaby observa Gab comme s'il lui était devenu étranger, s'efforçant d'oublier tout ce qu'elle savait de lui, ou ce qu'elle croyait savoir. Pis, elle tenta de justifier le jugement de Paulette.

750 À son extrême surprise, ce ne fut pas difficile.

Gab de Sarlat, poli, courtois[2], habillé avec un goût négligé dans le style gentleman-farmer[3], disponible pour rendre service, assidu aux offices religieux[4], peu enclin aux excès de langage ou de pensée, pouvait fasciner autant qu'horripiler[5]. Traditionnel

---

1. Très surprise
2. Très poli
3. Noble de la campagne
4. Messes
5. Agacer profondément

dans ses sentiments, ses discours et son comportement – voire son physique –, il attirait les gens pour les mêmes raisons qu'il en éloignait d'autres, certes peu nombreux : il avait l'air parfait, idéal.

Suspecté par l'instinct de la féroce Paulette, il posa soudain à Gabrielle le même problème que deux ou trois meubles dans sa vie d'antiquaire : original ou imitation ? Soit on voyait en lui un honnête homme soucieux de son prochain, soit on y repérait une imposture[1].

En quelques semaines, Gabrielle se convainquit qu'elle vivait avec une escroquerie. En prenant une à une les qualités de Gab, elle retournait la carte et découvrait le défaut. Son calme ? La carapace d'un hypocrite. Sa galanterie ? Une façon de canaliser une libido[2] débordante et d'attirer de futures proies. Sa gentillesse envers les sautes d'humeur qui affectaient Gabrielle ? Une indifférence abyssale. Son mariage d'amour, union osée d'un noble avec une roturière[3] ? Un contrat d'argent. Sa foi catholique ? Un costume de tweed en plus, un habit de respectabilité. Ses valeurs morales ? Des mots pour masquer ses pulsions. Soudain, elle soupçonna que l'aide qu'il apportait au magasin – les transports de meubles, soit lors de l'acquisition, soit lors de la livraison – n'était qu'un alibi destiné à lui déblayer du temps libre, assurer des déplacements discrets. Et s'il rejoignait des maîtresses à ces occasions ?

---

1. Ici, une apparence trompeuse
2. Le désir sexuel
3. Non noble

Pourquoi, après vingt-sept ans de confiance amoureuse, Gabrielle se laissa-t-elle gangrener par le doute ? Le poison instillé[1] par Paulette n'expliquait pas tout ; sans doute Gabrielle avait-elle du mal, l'âge venant, à affronter les modifications de son corps, l'empâtement[2] contre lequel elle luttait, les rides qui s'approfondissaient, la fatigue plus lourde, l'éclatement de vaisseaux sanguins sur ses jambes naguère si belles... Si elle douta facilement de Gab, ce fut aussi parce qu'elle doutait d'elle, de ses attraits. Elle s'emportait contre lui parce qu'il vieillissait mieux qu'elle, parce qu'il plaisait toujours, parce que les jeunes filles lui souriaient avec plus de spontanéité que les jeunes hommes à Gabrielle. En société, sur la place du marché, à la plage ou dans les rues, il était encore remarqué alors que Gabrielle se trouvait transparente.

Quatre mois après le « déclic » de Paulette, Gabrielle ne supportait plus Gab. Elle ne se supportait pas davantage : chaque matin, son miroir lui présentait une étrangère qu'elle détestait, une femme large au cou épais, à la peau couperosée[3], aux lèvres crevassées, aux bras mous, affectée d'un épouvantable bourrelet sous son nombril que, même en s'affamant, elle n'arrivait pas à diminuer, ses régimes ne contribuant pas à la rendre enjouée. Elle n'allait pas gober que Gab aimait ça ! Qui pouvait aimer ça ? Personne !

Du coup, toutes les douceurs – sourires, attentions, amabi-

1. Introduit doucement
2. Installation de la graisse
3. Rougie du fait de l'éclatement des petits vaisseaux de la peau (en général du visage)

lités, gestes tendres – que Gab avait pour elle le reste du jour la blessaient. Quel hypocrite ! Paulette avait tiré dans le mille : un faux cul de la Maison Faux Cul, exemplaire certifié conforme ! Il finit par la dégoûter. Comment peut-on se montrer si mielleux ?

Le seul moment où il ne feignait[1] pas, c'était lorsqu'il s'exclamait, quoique sur un ton affectueux, « ma vieille ». Ça, allez comprendre pourquoi, ça lui échappait ! Gabrielle haïssait ces occasions ; à chaque fois, son dos frémissait comme si on la fouettait.

Elle commença à songer au divorce. Cependant, lorsqu'elle s'imaginait devant un avocat ou ses enfants pour justifier la séparation, elle réalisait qu'elle manquait d'arguments recevables. Ils allaient s'opposer : « Gab est merveilleux. Comment peux-tu énoncer des bêtises pareilles ? » Sa fille aînée serait capable de l'envoyer chez un psychiatre – elle envoyait ses enfants chez le psychiatre. Il fallait s'y prendre autrement.

Elle décida de réunir des preuves contre Gab. « Les hommes, avait clamé la péremptoire[2] Paulette, il faut les pousser à bout pour voir ce qu'ils ont dans le moteur. » Variant d'avis sur tout, désirant fréquenter tel restaurant puis refusant, chamboulant à quinze reprises la date ou la destination des vacances, elle multiplia les caprices pour le débusquer[3] et obtenir qu'il sortît de ses gonds. En vain, à chaque occasion, il se pliait à sa nouvelle

---

1. Faisait semblant
2. Autoritaire
3. Ici, le forcer à se montrer tel qu'il était vraiment

exigence. Au plus parvint-elle à déclencher un soupir, une lueur de fatigue au fond de ses prunelles le soir où elle se révéla fort odieuse. « Qu'est-ce qu'il a dans la culotte ? » aurait dit Paulette. 830 Ce fut la question qu'elle se posa alors. Au lit, depuis quelque temps, s'ils échangeaient des gestes tendres, plus grand-chose ne se produisait. Certes elle en avait moins envie qu'auparavant, estimant qu'ils avaient copulé[1] à foison[2] et qu'après des décennies, remettre ça, c'est comme passer des vacances au 835 même endroit : lassant. Si elle s'en était accommodée, elle réfléchit et se demanda si cette paix n'avait pas une autre signification pour lui. Ne profitait-il pas de ses excursions en camionnette pour la tromper ? Du coup, elle s'imposa lors de ses voyages. Il s'en déclara ravi et devisa[3] avec entrain pendant 840 les centaines de kilomètres qu'ils parcoururent ensemble ces semaines-là. À deux reprises, il lui proposa de s'arrêter pour faire l'amour, une fois à l'arrière de la voiture, une autre au milieu d'un pré. Bien qu'elle acceptât, elle en fut catastrophée. C'était la preuve ! La preuve qu'en déplacement, il avait l'habitude d'as- 845 souvir ses besoins sexuels.

Elle cessa de participer aux expéditions et s'assombrit[4], communiquant de moins en moins, sauf avec Paulette. Celle-ci se révélait intarissable[5] sur les trompeurs masculins.

– En ce moment, ces crétins sont piqués par leurs femmes

1. Fait l'amour
2. Très souvent
3. Discuta
4. Devint de mauvaise humeur
5. Ayant toujours quelque chose à dire

parce qu'elles regardent les appels qu'ils composent ou reçoivent sur leur téléphone portable. Je m'attends à ce que les détectives privés défilent dans la rue pour protester contre le tort que le portable occasionne à leur chiffre d'affaires, rayon adultère.

– Et quand l'homme n'a pas de portable ? demanda Gabrielle en songeant à Gab qui refusait qu'elle lui en offrît un.

– L'homme qui n'a pas de portable, méfiance ! Méfiance absolue ! Celui-là, c'est le roi des rois, l'empereur des enfoirés, le prince des abuseurs[1]. Celui-là, il travaille à l'ancienne, il ne veut pas être découvert, il se sert des cabines téléphoniques qui ne laissent pas de traces. Il sait que l'adultère n'a pas été créé avec le portable et il continue les combines éprouvées qu'il a peaufinées[2] pendant des années. Celui-là, c'est le James Bond de la saillie[3] illégitime : tu le traques mais tu ne le coinces pas. Bon courage !

Dès lors, Gabrielle développa une obsession relative à la cachette du troisième étage. Les secrets de Gab devaient être là, les preuves de sa perversité aussi. Plusieurs fois elle s'y rendit avec des outils, désireuse de défoncer le mur ; chaque fois la honte la retint. Plusieurs fois elle essaya d'entortiller Gab en réalisant un numéro de séduction dont le but consistait à le décider à l'ouvrir ; chaque fois, il inventait un nouvel argument pour se dérober : « Il n'y a rien dedans », « Tu vas te moquer de moi », « Il sera toujours assez tôt pour que tu le découvres »,

1. Ceux qui trompent
2. Mises au point
3. Acte sexuel, en général utilisé pour les animaux

« N'ai-je pas droit à mes petits secrets ? », « Ça te concerne mais
875 je ne veux pas que tu saches ». Ces refus contradictoires les uns avec les autres agaçaient Gabrielle au plus haut point, jusqu'à ce qu'il prononçât cette phrase : « Tu le découvriras après ma mort, ce sera bien assez tôt. »

Cet avertissement l'indigna ! Quoi, elle devrait attendre dix
880 ans, vingt ans, trente ans, pour avoir la preuve qu'il s'était moqué d'elle toute sa vie et qu'elle avait partagé son existence avec un arriviste[1] sournois ! Il la provoquait ou quoi ?

– Tu es taiseuse[2], en ce moment, ma Gabrielle, s'exclamait Paulette lorsqu'elles prenaient un thé ensemble.

885 – Je ne formule jamais ce qui ne va pas. J'ai été élevée comme ça. Mon père m'a fourré dans la tête qu'on ne devait exprimer que les pensées positives ; les autres, on devait les garder pour soi.

– Foutaises ! Faut t'extérioriser, cocotte, sinon tu vas faire un
890 cancer. Les femmes qui se taisent font des cancers. Moi, je n'aurai pas de cancer parce que je gueule et je râle toute la journée. Tant pis si j'emmerde : je préfère que ce soient les autres qui souffrent plutôt que moi.

1. Personne prête à tout pour réussir
2. Silencieuse, d'humeur sombre

BIEN LIRE

Qui est responsable du « déclic » ?
Gabrielle a-t-elle mis longtemps à être convaincue ?
Quelle idée de Gab se fait-elle petit à petit ? Est-ce justifié ?
Gabrielle communique-t-elle facilement avec les autres ? avec Gab ?
Comment se sent-elle à ce moment-là de sa vie ?

C'est ainsi que le projet prit forme – se désengluer[1] des doutes, donc supprimer Gab –, projet qui trouva son exécution dans les Alpes.

Les cheveux mouillés, Gabrielle fut ramenée dans sa cellule et s'effondra sur le lit pour continuer à réfléchir. Voilà ce qui s'était passé dans son crâne pendant les trois dernières années de leur couple, voilà ce qu'elle celait[2] à chacun, voilà comment sa vie s'était vidée de sa saveur et de son sens pour se réduire à un cauchemar continu. Au moins, tuer Gab, ce fut agir, en finir avec cette intolérable inquiétude. Elle ne le regrettait pas. Or, cet après-midi, le témoignage du médecin l'avait violentée : elle avait appris pourquoi Gab se montrait moins sensuel et la souffrance qu'il en retirait. Cette remarque avait entaillé son bloc de convictions.

Pourquoi ne le découvrait-elle que maintenant ? Auparavant, elle croyait qu'il l'évitait pour consacrer son énergie à ses maîtresses. Cet irresponsable de docteur Racan n'aurait pas pu lui en parler plus tôt ?

– Gabrielle de Sarlat au parloir. Votre avocat vous attend.

Ça ne pouvait pas tomber mieux.

Maître Plissier avait posé sur la table les quatre boîtes en fer.

– Voilà ! Maintenant, expliquez-moi.

Gabrielle ne répondit pas. Elle s'assit et ouvrit, vorace, les

---

1. Se débarrasser
2. Cachait

couvercles. Ses doigts agitèrent les papiers qui gisaient à l'intérieur, puis en tirèrent certains pour les déchiffrer, d'autres encore, d'autres…

920 Après quelques minutes, Gabrielle tomba sur le sol, prostrée[1], suffoquant. Maître Plissier alerta les gardiennes, lesquelles l'aidèrent à déplier la prisonnière, l'obligèrent à respirer. Une civière emporta Gabrielle à l'infirmerie où on lui administra un calmant.

925 Une heure plus tard, ayant retrouvé son souffle, elle demanda où était passé son avocat. On l'informa qu'il était reparti avec les boîtes pour se préparer à l'audience.

Après avoir supplié qu'on lui donnât un sédatif[2], Gabrielle sombra dans l'inconscience. Tout plutôt que penser à ce que 930 recelaient[3] les coffrets métalliques.

Le lendemain, eurent lieu les plaidoiries[4]. Gabrielle ressemblait à son vague souvenir, pâle, hagarde[5], l'œil humide, le teint brouillé, les lèvres exsangues[6]. Aurait-elle voulu attendrir les jurés, elle n'aurait pu mieux s'arranger.

935 L'avocat général tint un réquisitoire plus volontaire que dur qui n'impressionna guère. Puis Maître Plissier, les manches frémissantes, se leva tel un soliste[7] appelé pour son morceau de bravoure.

---

1. Incapable de bouger
2. Somnifère
3. Ici, contenaient
4. Discours faits à la fin de chaque procès par les avocats
5. Bouleversée
6. Blanches, semblant vidées de leur sang
7. Musicien qui joue seul

– Que s'est-il passé ? Un homme est mort en montagne. Éloignons-nous de l'acte et considérons les deux versions opposées qui nous réunissent devant la cour : accident, dit son épouse ; assassinat, prétend un berger inconnu. Éloignons-nous davantage, mettons-nous très loin, à peu près aussi loin que le berger, si c'est possible de distinguer quelque chose avec un tel recul, et cherchons maintenant les raisons d'un meurtre. Il n'y en a pas ! En général, il m'est difficile d'exercer ma fonction d'avocat car je défends une personne que tout accuse. Dans le cas de Gabrielle Sarlat, rien ne l'accuse, rien ! Ni motifs ni mobiles. Pas d'argent en jeu. Pas de conflits de couple. Pas de trahisons. Rien ne l'accuse sauf un. Un homme. Enfin, un homme qui vit avec les bêtes, un garçon qui ne sait ni lire ni écrire, rebelle au système scolaire, incapable de s'insérer dans la société sinon en s'en isolant. Bref, ce berger, un employé qu'il me serait aisé de charger car il a été renvoyé par différents patrons, un travailleur qui ne donne satisfaction à personne, un mâle sans femmes ni enfants, bref, ce berger l'a vue. À quelle distance se tenait-il ? Ni à deux cents mètres, ni à trois cents mètres, ce qui déjà handicaperait la vue de n'importe qui, mais à un kilomètre et demi, selon les données de la reconstitution ! Soyons sérieux, mesdames et messieurs, que voit-on à un kilomètre et demi ? Moi, rien. Lui, un crime. Fabuleux, non ? De plus, après avoir constaté l'attentat, il ne se précipite pas au chevet de la victime, il n'appelle ni les secours ni la police. Pourquoi ? Selon ses allégations[1], parce qu'il ne peut pas aban-

1. Dires

donner son troupeau. Voilà un individu qui assiste à l'assassinat de son prochain mais qui continue à penser que la vie d'animaux – qui finiront en brochettes – compte davantage… Je ne comprends pas cet homme, mesdames et messieurs. Ce ne serait pas grave s'il ne montrait du doigt une femme admirable, une épouse intègre[1], une mère accomplie, en l'incriminant[2] de la dernière chose qu'elle eût souhaitée, la mort de son Gabriel, Gabriel surnommé Gab, l'amour de sa vie.

Il se tourna, violent, vers les bancs des jurés.

– Alors, vous m'objecterez[3], mesdames et messieurs les jurés, que rien n'est jamais simple ! Même si chacun témoigne de leur amour si fort et si visible, que se passait-il derrière les crânes ? Cette femme, Gabrielle de Sarlat, avait peut-être la tête pourrie de soupçons, de jalousie, de doutes. Qui nous prouve qu'elle n'avait pas déployé une névrose[4] paranoïaque à l'égard de son conjoint ? Outre tous les témoins que vous avez entendus ici qui n'ont pas laissé la moindre prise à une telle théorie, je voudrais ajouter, mesdames et messieurs, mon propre témoignage. Savez-vous ce que cette femme a fait, hier soir ? Connaissez-vous la seule faveur qu'elle m'ait demandée en deux ans et demi de détention préventive ? Elle m'a supplié de lui apporter quatre boîtes de biscuits dans lesquelles elle entreposait, depuis trente années, leurs lettres, ainsi que les souvenirs de leur amour. Tout

1. Parfaitement honnête
2. L'accusant de crime
3. Direz pour me convaincre du contraire
4. Obsession

s'y trouve, depuis les billets de théâtre, de concert, les menus des fiançailles, des mariages ou des anniversaires, les petits mots notés au matin et déposés sur la table de la cuisine, du sublime à l'anodin, tout ! Trente ans. Jusqu'au dernier jour. Jusqu'au départ pour ces vacances tragiques. Les gardiennes vous confirmeront qu'elle a ensuite passé des heures à pleurer en songeant à celui qu'elle avait perdu. Je vous le demande et je finirai par cette question : un assassin fait-il cela ?

Gabrielle s'effondra sur sa chaise pendant que ses enfants, ainsi que les âmes les plus sensibles de l'auditoire, retenaient avec peine leurs larmes.

La cour et le jury se retirèrent pour délibérer[1].

Dans le couloir où elle attendait sur un banc à côté de Maître Plissier, Gabrielle songeait aux lettres qu'elle avait feuilletées la veille. Celle qui révélait que, dès leur jeunesse, il l'appelait « ma vieille » : comment avait-elle pu l'oublier et prendre ce mot pour une cruelle moquerie ? Celle où il la décrivait, vingt-cinq ans auparavant, comme « ma violente, ma sauvage, ma secrète, mon imprévisible » : voilà ce qu'il pensait de celle qui le tuerait, « violente et imprévisible », comme il avait raison, le pauvre. Ainsi, il l'avait vraiment aimée telle qu'elle était, avec son caractère emporté[2], ses rages, ses colères, ses cafards, ses ruminations, lui si paisible que ces tempêtes l'amusaient.

Ainsi, le secret de son mari, c'était elle.

---

1. Discuter et décider de leur jugement
2. Coléreux

En imagination, elle avait détruit leur amour. Hélas ! ce n'était pas en imagination qu'elle l'avait balancé dans le vide.

Pourquoi avait-elle donné tant d'importance à Paulette ? Comment avait-elle pu descendre au niveau de cette femme sordide[1], qui déchiffrait l'univers de façon abjecte[2], mesquine[3] ? Non, trop facile, ça, d'accuser Paulette. C'était elle, la coupable. Elle, Gabrielle. Rien qu'elle. Son plus puissant argument pour perdre confiance en Gab avait été celui-ci : « Il est impossible qu'un homme aime la même femme plus de trente ans. » Maintenant, elle comprenait que le véritable argument, tapi[4] sous le précédent, avait plutôt été : « Il m'est impossible d'aimer le même homme plus de trente ans. » Coupable, Gabrielle de Sarlat ! Seule coupable !

Sonnerie. Cavalcades. Agitation. L'audience reprenait. On avait l'impression de retourner aux courses après un entracte.

– À la question : « Les jurés estiment-ils que l'accusée a attenté volontairement à la vie de son mari ? », les jurés ont répondu non à l'unanimité.

Un murmure d'approbation parcourut la salle.

– Aucune charge n'est donc retenue contre Gabrielle de Sarlat. Madame, vous êtes libre, conclut le juge.

Gabrielle vécut la suite dans le brouillard. On l'embrassa, on la congratula[5], ses enfants pleurèrent de joie, Maître Plissier

---

1. Méprisable
2. Ignoble
3. Médiocre
4. Dissimulé
5. Félicita

paradait[1]. Comme remerciement, elle lui déclara qu'en l'entendant plaider, elle avait ressenti en profondeur ce qu'il disait : il était impossible, impensable, qu'une femme aussi favorisée et épanouie par son mariage ait accompli ce geste. En son for intérieur, elle ajouta que c'était une autre, une étrangère, une inconnue sans rapport avec elle.

À ceux qui lui demandaient comment elle comptait occuper son temps dans les jours qui venaient, elle ne répondit rien. Elle savait qu'elle devait entreprendre le deuil d'un homme merveilleux. Ignoraient-ils qu'une folle, deux ans et demi auparavant, lui avait enlevé son mari ? Pourrait-elle vivre sans lui ? Survivre à cette violence ?

Un mois après son acquittement, Gabrielle de Sarlat quitta sa demeure de Senlis, repartit dans les Alpes et loua une chambre à l'hôtel des *Adrets*, non loin de l'hôtel *Bellevue* où elle était descendue avec son mari la dernière fois.

Le soir, sur l'étroit bureau en pin blanc qui jouxtait[2] son lit, elle écrivit une lettre.

Mes Chers Enfants,

Même si ce procès s'est achevé par la proclamation de mon innocence et a reconnu l'impossibilité où j'étais de tuer un homme aussi merveilleux que votre père Gabriel, le seul homme que j'aie jamais aimé, il m'a rendu encore plus insupportable sa disparition.

1. Se montrait fièrement
2. Se trouvait à côté

Comprenez mon chagrin. Pardonnez mon éloignement. J'ai besoin de le rejoindre.

1060 Le lendemain, elle remontait au col de l'Aigle et, du chemin où elle avait poussé son mari deux ans et demi plus tôt, elle se jeta dans le vide.

BIEN LIRE

Sur quels éléments la plaidoirie de l'avocat s'appuie-t-elle ?
Gabrielle décide-t-elle d'en finir sur un coup de tête ?
Comment explique-t-elle le geste que, selon elle, elle doit accomplir ?

Éric-Emmanuel Schmitt
Les Mauvaises Lectures

– Lire des romans, moi ? Jamais !

Alors qu'il vivait cerné de milliers de livres sous lesquels ployaient[1] les planches qui, du sol au plafond, fatiguaient les murs de son appartement sombre, il s'indignait qu'on le crût capable de perdre son temps avec une fiction.

– Des faits, rien que des faits ! Des faits et de la réflexion. Tant que je n'aurai pas épuisé la réalité, je n'octroierai[2] pas une seconde à l'irréalité.

Peu de gens entraient chez lui car Maurice Plisson n'aimait pas recevoir ; cependant, à l'occasion, quand un de ses élèves manifestait une vraie flamme pour sa discipline, il le gratifiait[3] en fin d'année scolaire d'une récompense, ce moment privilégié, une heure avec son professeur autour d'une chope de bière servie avec trois cacahouètes sur la table basse de son salon. À chaque fois, l'étudiant, impressionné par les lieux, les épaules serrées, les genoux collés, parcourait des yeux les rayons et constatait qu'essais, études, biographies, encyclopédies occupaient tout l'espace sans que pointât un livre de littérature.

– Vous n'appréciez pas les romans, monsieur Plisson ?

– Autant me demander si j'apprécie le mensonge.

– À ce point ?

– Écoutez, mon jeune ami, depuis que je me passionne pour l'histoire, la géographie et le droit, malgré quarante-cinq ans de lectures assidues au rythme de plusieurs livres par semaine, j'ap-

---

1. Pliaient
2. Accorderai
3. Récompensait

25 prends encore. Que découvrirais-je avec les romanciers qui privilégient la fantaisie ? Non, mais dites-moi : quoi ? S'ils rapportent quelque chose de vrai, je le sais déjà ; s'ils inventent quelque chose de faux, je m'en fous.

– Mais la littérature…

30 – Je ne veux pas débiner le travail de mes collègues ni entamer votre énergie, d'autant que vous êtes un brillant sujet capable d'entrer à l'École normale supérieure[1] mais, si j'avais droit à la franchise, j'aurais envie de déclarer : « Arrêtez de nous bassiner avec la littérature ! Fariboles[2] et bagatelles[3]… Lire des 35 romans, ce n'est qu'une occupation de femme seule – encore que le tricot ou la broderie soient plus utiles. Écrire des romans, c'est s'adresser à une population de femmes désœuvrées[4], guère plus, et vouloir y chercher des suffrages ! N'était-ce pas Paul Valéry[5], un intellectuel respectable, qui refusait d'écrire un texte 40 commençant par « La marquise sortit à cinq heures » ? Comme il avait raison ! S'il refusait de l'écrire, moi je refuse de lire : « La marquise sortit à cinq heures » ! D'abord, la marquise de quoi ? Où habite-t-elle ? À quelle époque ? Qui prouve qu'il était bien cinq heures, non cinq heures dix ou cinq heures trente ? Qu'est-45 ce que ça changerait d'ailleurs, si c'était dix heures du matin ou dix heures du soir puisque tout est faux ? Vous voyez, le roman, c'est le règne de l'arbitraire[6] et du n'importe quoi. Je suis un

1. Une des grandes écoles nationales
2. Bêtises
3. Choses sans importance
4. Qui n'ont pas d'occupation
5. Écrivain et poète français (1871-1945)
6. Ce qui est imposé sans explication

homme sérieux. Je n'ai ni place, ni temps, ni énergie à consacrer à des bêtises pareilles.

Sa démonstration lui semblait imparable[1] et, cette année comme les précédentes, elle produisit un effet identique : son interlocuteur ne répliqua pas. Maurice Plisson avait gagné.

S'il avait entendu les pensées de son étudiant, il aurait décelé[2] que ce silence ne signifiait pas la victoire. Troublé par ce ton péremptoire[3], jugeant cette théorie trop tranchée pour un homme intelligent, le jeune homme se demandait pourquoi son professeur se tenait à distance de l'imaginaire, pour quels motifs il se méfiait de l'art ou de l'émotion, et s'étonnait surtout qu'un mépris concernant « les femmes seules » vînt justement d'un « homme seul ». Car il était de notoriété publique au lycée du Parc que M. Plisson était un « vieux garçon », un « célibataire endurci », qu'on ne l'avait jamais croisé en compagnie féminine.

Maurice Plisson proposa d'ouvrir une nouvelle bouteille de bière, manière de marquer l'expiration de l'entretien. L'élève comprit, bafouilla des remerciements et suivit son professeur jusqu'à la porte.

– Bonnes vacances, cher khâgneux[4]. Et souvenez-vous qu'il serait fructueux que, dès le mois d'août, vous commenciez à réviser votre histoire ancienne car, dans le courant de l'année prochaine, vous n'en aurez guère le temps avant le concours.

---

1. Incontestable
2. Ici, compris
3. Autoritaire
4. Élève de khâgne, classe préparatoire littéraire qui prépare aux concours d'entrée des grandes écoles nationales.

– Bien, monsieur. Histoire grecque, histoire latine à partir du 1er août, je suivrai votre conseil. Il va falloir que mes parents acceptent d'emporter une malle de livres en vacances.

– Où serez-vous ?

75 – En Provence où ma famille a une propriété. Et vous ?

Si l'étudiant avait posé la question par un automatisme de politesse, elle surprit néanmoins Maurice Plisson. Il cligna des paupières et chercha du secours dans le lointain.

– Mais… mais… en Ardèche, cette année.

80 – J'adore l'Ardèche. Où ça ?

– Mais… mais… écoutez, je ne sais pas, c'est… une amie qui a loué une maison. D'ordinaire, nous accomplissons des voyages organisés, or, cet été, ce sera un séjour en Ardèche. Elle a décidé pour nous, elle s'en est occupée et… je n'ai pas retenu 85 le nom du village.

L'étudiant accueillit avec bienveillance le trouble de son professeur, lui serra la main et descendit les marches quatre à quatre, impatient de rallier ses camarades pour propager la nouvelle du jour : Plisson avait une maîtresse ! Tous les fabricants 90 de ragots s'étaient trompés sur son compte, ceux qui le pensaient homosexuel, ceux qui le disaient client des prostituées, ceux qui le croyaient encore vierge… En vérité Plisson, quoique laid, avait une femme dans sa vie depuis des années, une femme avec laquelle il effectuait le tour du monde, qu'il rejoignait en 95 période de congés, et, peut-être, chaque vendredi soir. Pourquoi ne vivaient-ils pas ensemble ? Deux solutions. Soit elle habitait loin… Soit elle était mariée… Sacré Plisson, il allait devenir le centre des bavardages, cet été, chez ses élèves de classe préparatoire.

En refermant sa porte, l'enseignant se mordit les lèvres. Pourquoi avait-il parlé ? Jamais, en trente ans de carrière, il n'avait laissé percer le moindre indice sur sa vie privée. Comment avait-il pu flancher… C'était à cause de cette question : « Où, en Ardèche ? »… Il s'était rendu compte qu'il avait oublié… lui qui avait une mémoire d'acier, lui qui retenait tout… Ça l'avait tant troublé que, du coup, en voulant justifier cette lacune, il avait mentionné Sylvie…

Qu'avait-il dit ? Oh, peu importe… Les maladies qu'il appréhendait s'annonçaient comme ça, par une confusion, un lapsus, un souvenir qui se dérobe… Maintenant, sa tête bouillait. La fièvre, c'était certain ! Était-ce le deuxième symptôme ? Un cerveau pouvait-il dégénérer aussi vite ?

Il composa le numéro de Sylvie et, pendant que la sonnerie retentissait à l'autre bout de la ligne téléphonique, parce qu'elle ne prenait pas tant de temps pour répondre d'habitude, il craignit de s'être trompé, sans s'en rendre compte, de numéro…

« C'est encore plus grave que je ne crois. Si j'ai confondu les chiffres, si quelqu'un d'autre me parle, je raccroche et je file sans perdre une seconde à l'hôpital. »

BIEN LIRE

Pourquoi Maurice Plisson s'en prend-il si violemment aux romans ?
À quel public s'adressent-ils, selon lui ?
Quelle est la réputation de M. Plisson au sein du lycée du Parc ?

120 Au dixième signal, une voix répondit avec étonnement :

– Oui ?

– Sylvie ? s'enquit-il, le souffle court, d'un timbre éteint.

– Oui.

Il respira : ce n'était pas aussi grave, au moins avait-il formé 125 le numéro adéquat[1].

– C'est Maurice.

– Oh pardon, Maurice, je ne te reconnaissais pas. J'étais au fond de l'appartement en train de… Que se passe-t-il ? Ce n'est pas l'heure où tu m'appelles d'ordinaire…

130 – Sylvie, où allons-nous, en Ardèche, cet été ?

– Dans la maison d'une amie… enfin, une amie d'amies…

– Comment s'appelle l'endroit ?

– Aucune idée…

Atterré[2], Maurice battit des paupières, crispa ses doigts sur 135 le combiné téléphonique : elle aussi ! Nous sommes atteints tous les deux.

– Figure-toi que moi non plus, glapit[3] Maurice, j'ai été incapable de redire le nom que tu m'avais donné quand un élève m'a posé la question.

140 – Maurice, je ne vois pas comment tu aurais pu répéter quelque chose que je ne t'ai pas dit. Cette amie… ou plutôt cette amie d'amies… bref, la propriétaire m'a dessiné un plan pour que nous nous y rendions car le terrain se trouve dans une zone rurale isolée, loin des villages.

1. Correct
2. Accablé
3. Ici, cria

– Ah bon ? Tu ne m'as rien dit ?

– Non.

– Tu en es certaine ?

– Oui.

– Donc je n'ai rien oublié ? Alors tout va bien ! s'exclama Maurice.

– Attends, dit-elle sans soupçonner de quelle angoisse elle soulageait son interlocuteur, je vais chercher mon papier pour répondre à ta question.

Maurice Plisson glissa dans le fauteuil Voltaire qu'il avait hérité d'une grand-tante et sourit à son appartement, lequel lui sembla soudain aussi beau que le château de Versailles. Sauvé ! Rescapé ! Sain et sauf ! Non, il ne quitterait pas de sitôt ses chers livres, son cerveau fonctionnait, la maladie d'Alzheimer campait dehors, hors de l'enceinte fortifiée de ses méninges. Éloignez-vous, menaces et fantasmes[1] !

Aux craquements que lui transmettait son téléphone, il devina que Sylvie compulsait des papiers ; enfin, il entendit un cri de victoire :

– Voilà, je l'ai. Tu es toujours là, Maurice ?

– Oui.

– Nous serons dans les gorges de l'Ardèche, une maison construite au bout d'une route qui n'a pas de nom. Je t'explique : après le village de Saint-Martin-des-Fossés, on prend le chemin des Châtaigniers ; là, au troisième sentier après le car-

1. Produits de l'imagination

170 refour qui présente une statue de Marie, on avance pendant deux kilomètres. Ça te va comme réponse ?

– Ça me va très bien.

– Tu veux faire suivre ton courrier ?

– Pour deux semaines, ce n'est pas utile.

175 – Moi non plus. Surtout avec une adresse pareille.

– Bon, Sylvie, je ne veux pas te déranger davantage. Comme tu sais, le téléphone et moi… À samedi, donc ?

– À samedi, dix heures.

Dans les jours qui suivirent, Maurice vécut sur l'allégresse[1] 180 qui avait achevé cet entretien : non seulement il était en pleine forme mais il partait bientôt en vacances !

Comme tant de célibataires sans vie sexuelle, il se montrait fort soucieux de sa santé. Sitôt qu'on évoquait une maladie devant lui, Maurice s'imaginait l'attraper et dès lors surveillait 185 son éventuelle apparition. Plus la maladie se dévoilait par des symptômes vagues, peu caractéristiques, tels la fatigue, les maux de tête, la transpiration et les dérangements gastriques, plus longtemps il pouvait redouter d'en être attaqué. Son médecin avait coutume de le voir débarquer, fébrile[2], mains tremblantes, 190 bouche sèche, au moment de la fermeture du cabinet pour obtenir confirmation de sa proche agonie. À chaque fois, le praticien opérait une analyse approfondie – ou du moins donnait

1. Grande joie
2. Fiévreux

cette impression –, rassurait son client et le renvoyait chez lui aussi heureux que s'il l'avait guéri d'une réelle atteinte.

Ces soirs-là, ces soirs de délivrance, ces soirs où on rendait la liberté à un condamné à mort, Maurice Plisson se déshabillait et se contemplait dans le miroir en pied de sa chambre à coucher – un souvenir de sa grand-mère, une solide armoire en loupe[1] dotée d'une glace intérieure – avec satisfaction. Certes, il n'était pas beau, pas plus beau qu'avant, mais il était sain. Entièrement sain. Et ce corps dont personne ne voulait, il était plus pur que bien des corps séduisants, il vivrait encore longtemps. Ces soirs-là, Maurice Plisson s'aimait. Sans ces intenses peurs qu'il s'inoculait[2], peut-être aurait-il été incapable de s'allouer cette affection. D'ailleurs, qui la lui aurait apportée ?

Le samedi à dix heures, il klaxonna devant l'immeuble où il avait rendez-vous.

Sylvie apparut au balcon, grosse, hilare[3], mal habillée.

– Salut, cousin !

– Salut, cousine !

1. Nœuds et racines de bois qui servent souvent en menuiserie
2. Se donnait
3. Qui montre une grande joie

BIEN LIRE

Que craint le professeur après le départ de son étudiant ?
Que sait-on alors du personnage de Sylvie ?
Devine-t-on si les personnages se connaissent bien ?
Quelle est la principale obsession de Maurice Plisson ?

Sylvie et lui se fréquentaient depuis l'enfance. Jeunes, lui fils unique, elle fille unique, ils s'étaient adorés au point de se promettre de s'épouser plus tard. Hélas ! un oncle, mis dans la confidence, leur avait expliqué qu'entre cousins germains, le
215 mariage demeurait interdit, ce qui freina leurs projets matrimoniaux[1] mais pas leur entente. Fut-ce l'ombre portée par cette noce empêchée qui les empêcha de former d'autres unions ? Ne se résolurent[2]-ils jamais à envisager un autre couple que ce couple originel ? Désormais, ils avaient cinquante ans chacun,
220 des échecs sentimentaux derrière eux, et s'étaient résignés au célibat. Ils passaient du temps ensemble, comme autrefois, au moment des vacances, avec autant, sinon davantage de plaisir car leurs retrouvailles semblaient abolir le temps et les duretés de la vie. Chaque année, ils se consacraient un demi-mois ;
225 l'Égypte, l'Italie, la Grèce, la Turquie, la Syrie, le Liban et la Russie avaient reçu la visite du duo, Maurice appréciant les voyages culturels, Sylvie les voyages tout court.

En un ouragan de voiles et de châles qui flottaient autour de son corps massif[3], elle franchit le seuil de l'immeuble, lança un
230 clin d'œil à Maurice, fendit le pavé jusqu'au garage pour fourguer une dernière valise dans la gueule de sa minuscule voiture. Maurice se demanda pourquoi cette femme obèse acquérait[4] systématiquement de petits véhicules. Outre qu'ils la rendaient

1. Propres au mariage
2. Acceptèrent
3. Épais
4. Achetait

encore plus volumineuse, ils devaient se révéler peu pratiques à l'usage.

– Eh bien, Maurice, à quoi tu penses ?

Elle s'approcha et l'embrassa avec vigueur.

Écrasé contre cette monumentale poitrine, cherchant sur la pointe des pieds à atteindre une joue où déposer un baiser, il se vit soudain telle la voiture de Sylvie. Chétif[1], creux de poitrine, bas de taille, gracile[2] des articulations, sur une photo à côté de Sylvie et de sa mini, il aurait donné l'impression d'appartenir à sa collection.

– Je regardais le parking autour de moi et je me rappelais que, dans ma rue, il y a deux Noirs qui ont des limousines blanches. Noir. Blanc. Le contraire. As-tu remarqué ça ?

Elle éclata de rire.

– Non mais tu me remets en mémoire qu'une de mes collègues à la mairie, Mme N'Da, possède un bichon, un chien crème, dont elle est folle.

Maurice allait sourire quand il constata avec effroi que sa voiture, longue, haute, solide, carrossée selon des proportions américaines, confirmait cette loi des contraires. Jamais il n'avait soupçonné que lui aussi compensait un complexe par le choix de son automobile.

– Maurice, je te sens chiffonné...

– Non, tout va bien. Et toi, depuis des mois qu'on se parle au téléphone sans se voir, comment vas-tu ?

---

1. D'aspect fragile
2. Aux articulations très menues

– Au top ! Toujours au top, mon Maurice !

– Tu as changé quelque chose à ta coiffure ?

– Oh, à peine… Qu'en penses-tu ? C'est mieux ?

– Oui, c'est mieux, répondit Maurice sans se poser la question.

– Tu aurais pu noter aussi que j'ai perdu cinq kilos mais ça, personne ne le voit.

– Justement, je m'interrogeais…

– Menteur ! De toute façon, c'est cinq kilos de cervelle que j'ai perdus, pas cinq kilos de gras. Alors ces cinq kilos-là, ça ne peut pas se voir, ça peut juste s'entendre !

Elle partit dans un énorme rire à gorge déployée.

Sans s'esclaffer avec elle, Maurice la considéra néanmoins avec indulgence. Avec le temps, l'affection s'était étayée[1] de lucidité : il savait sa cousine fort différente de lui, peu cultivée, trop sociable, appréciant les repas gargantuesques[2], les blagues salaces[3] et les joyeux lurons mais il ne lui en voulait pas ; comme elle était la seule personne qu'il aimait, il avait décidé de l'aimer bien, c'est-à-dire telle qu'elle était. Même la pitié qu'il éprouvait envers son physique ingrat – de plus en plus ingrat maintenant que les années s'ajoutaient – lestait[4] sa tendresse. Au fond, cette compassion[5] qu'il adressait à la disgrâce physique de Sylvie, c'était un ersatz[6] de celle qu'il aurait pu s'accorder.

---

1. Mêlée
2. Très copieux
3. Vulgaires
4. Ici, augmentait
5. Pitié
6 Produit qui en remplace un autre, en général en moins bien

Quelle première impression Sylvie fait-elle sur le lecteur ?
Quel caractère affiche-t-elle ?
Par quelle sorte de lien les deux cousins sont-ils unis ?

Quittant Lyon et ses sinueux échangeurs routiers, ils roulèrent l'un derrière l'autre pendant plusieurs heures. À mesure qu'ils descendaient vers le Sud, la chaleur changeait de consistance : touffue[1], paralysante, immobile dans le bassin lyonnais, tel un bouclier de plomb brûlant au-dessus des mortels, elle s'allégea d'un vent agréable tandis qu'ils suivaient le Rhône, puis elle sécha et gagna quelque chose de minéral quand ils entrèrent en Ardèche.

Au milieu de l'après-midi, après des erreurs qui égayèrent[2] beaucoup Sylvie, ils parvinrent à emprunter le sentier sauvage et poussiéreux qui les amena à la villa.

Maurice perçut aussitôt que les qualités du lieu pouvaient devenir ses défauts : accrochée à une pente rocheuse où survivaient de rares buissons assoiffés, la demeure en pierre naturelle, aussi ocre que les reliefs qui l'entouraient, se dressait à des kilomètres du village, plusieurs centaines de mètres des voisins.

– Excellent, s'exclama-t-il pour emporter l'assentiment de Sylvie, dubitative, un lieu de repos idéal !

Elle sourit et décida d'être de son avis.

Une fois qu'ils eurent choisi leur chambre et débarqué leurs affaires – des livres pour Maurice –, Sylvie s'assura que la télévision et la radio fonctionnaient puis proposa d'aller s'approvisionner dans la grande surface des environs.

---

1. Lourde
2. Amusèrent

Maurice l'accompagna car, connaissant le tempérament de
305 sa cousine, il redoutait qu'elle n'achetât trop et trop cher.

Poussant le chariot, il parcourut les rayons avec Sylvie qui avait envie de tout, babillait[1], comparait les produits avec ceux qu'on trouvait près de chez elle, prenait les vendeurs à partie. Une fois que le plus périlleux[2] fut accompli – empêcher Sylvie
310 de vider l'étalage charcuterie dans son caddie –, ils remontèrent vers les caisses.

– Ne bouge plus, je vais prendre un livre ! s'exclama Sylvie.

Maurice maîtrisa son irritation car il voulait réussir ses vacances ; cependant, en pensée, il fusilla la malheureuse. Se
315 procurer un livre dans un supermarché ! Avait-il, une seule fois en sa vie, acquis un livre, un seul, dans un supermarché ? Un livre, c'était un objet sacré, précieux, dont on découvrait d'abord l'existence au sein d'une liste bibliographique, sur lequel on se renseignait, puis, le cas échéant, qu'on convoitait[3],
320 dont on écrivait les références sur un papier, qu'on allait chercher ou commander chez un libraire digne de ce nom. En aucun cas, un livre ne se cueillait au milieu des saucisses, des légumes et des lessives.

– Triste époque…, murmura-t-il entre ses lèvres.

325 Sans complexe, Sylvie gambadait parmi les piles ou les tables de livres comme s'ils étaient appétissants. D'un regard rapide, Maurice constata qu'il n'y avait là, naturellement, que des

---

1. Bavardait sans cesse
2. Dangereux
3. Désirait fortement

romans et, à l'instar[1] d'un martyr, il attacha ses yeux au plafond en attendant que Sylvie achevât de renifler telle couverture, humer ce volume, soupeser celui-là, feuilleter l'intérieur des pages comme si elle vérifiait que la salade n'était pas terreuse.

Soudain, elle poussa un cri.

– Extra ! Le dernier Chris Black !

Maurice ignorait qui était ce Chris Black qui déclenchait un préorgasme chez sa cousine et dédaigna[2] de prêter attention au volume qu'elle jeta sur l'amoncellement[3] de provisions.

– Tu n'as jamais lu Chris Black ? C'est vrai que tu ne lis pas de romans. Écoute, c'est extraordinaire. Ça se dévore d'une traite, tu salives à chaque page, tu ne peux pas lâcher le livre avant de l'avoir fini.

Maurice remarqua que Sylvie parlait de ce livre comme d'un plat.

« Après tout, ils ont raison, ces commerçants, de disposer les livres avec la nourriture, pensa-t-il, car, pour ce genre de consommateurs, c'est équivalent. »

– Écoute, Maurice, si tu veux me faire plaisir un jour, tu liras un Chris Black.

– Écoute Sylvie, pour te faire plaisir, je supporte que tu me parles de ce Chris Black que je ne connais ni d'Ève ni d'Adam, et c'est déjà beaucoup. Ne compte pas sur moi pour le lire.

– C'est trop bête, tu vas mourir idiot.

---

1. Comme le ferait
2. Méprisa
3. Tas

– Je ne crois pas. Et le cas échéant, ce ne serait pas à cause de ça.

– Oh, tu estimes que j'ai mauvais goût… Cependant, quand 355 je lis Chris Black, je me rends compte que je ne lis pas Marcel Proust, je ne suis pas niaise.

– Pourquoi ? As-tu lu Marcel Proust ?

– Là, Maurice, tu es méchant. Non, tu sais très bien que je n'ai pas lu Marcel Proust, au contraire de toi.

360 Empreint de dignité blessée, telle une sainte Blandine de la culture, Maurice sourit, comme si on lui concédait[1] enfin un mérite qu'on lui aurait mégoté[2] auparavant. Au fond, il se délectait à l'idée que, pour sa cousine comme pour ses étudiants, il avait forcément lu Marcel Proust, ce qu'il n'avait 365 jamais tenté puisqu'il était allergique à la littérature romanesque. Tant mieux. Il ne démentirait pas. Il avait lu tant d'autres volumes… Normal qu'on ne prête qu'aux riches, non ?

– Maurice, je me doute que je ne lis pas un immense chef-d'œuvre mais, en revanche, je passe un moment formidable.

370 – Tu es libre, tu as le droit de te divertir comme tu veux, ça ne me regarde pas.

– Fie-toi à moi : si tu t'ennuies, Chris Black c'est aussi fameux que Dan West.

Il ne put réprimer un gloussement.

375 – Chris Black, Dan West… Même leurs noms sont som-

1. Reconnaissait
2. Donné avec hésitation

maires, deux syllabes, quasi des onomatopées[1], aisés à retenir. Un débile qui mâche un chewing-gum au Texas pourrait les répéter sans se tromper. Tu crois que ce sont leurs vrais patronymes[2] ou qu'on les rebaptise ainsi pour appliquer les lois du marketing ?

– Que veux-tu dire ?

– Je veux dire que Chris Black ou Dan West, c'est plus lisible en tête de gondole que Jules Michelet[3].

Sylvie allait répondre lorsqu'elle poussa de hauts cris en apercevant des amies. Elle bondit sur trois femmes aussi imposantes qu'elle en agitant ses mains boudinées.

Maurice en éprouva du dépit[4]. Sylvie allait lui échapper pendant une copieuse demi-heure, temps minimum d'une conversation qui ne durait pas, chez elle.

De loin, il adressa un léger signe aux amies de Sylvie, histoire de souligner qu'il ne se joindrait pas au colloque[5] improvisé, et prit son mal en patience. Les coudes appuyés sur le rebord du chariot, il laissa son regard errer parmi les produits. La couverture du livre l'arrêta. Quelle vulgarité ! Du noir, du rouge, de l'or, des lettres gonflées, un graphisme excessif, expressionniste[6], qui voulait donner l'impression que ce volume contenait des choses terribles, comme si on avait posé une éti-

---

1. Mots qui évoquent une chose par le son qu'ils produisent
2. Noms de famille
3. Écrivain et historien français (1798-1874)
4. Déception
5. Réunion
6. Qui essaye de donner un certain pouvoir expressif

quette qui alerterait par un « Attention poison » ou un « Ne pas toucher, ligne d'électricité à haute tension, danger de mort ».
400 Et ce titre, *La Chambre des noirs secrets*, difficile de trouver plus con, non ? Gothique et contemporain, l'addition de deux mauvais goûts ! En plus, comme si le titre ne suffisait pas, l'éditeur avait ajouté cette réclame : « Quand vous refermerez ce livre, la peur ne vous quittera plus ! » Quelle misère... Ce livre-là, pas
405 besoin de l'ouvrir pour savoir que c'est de la merde.

« Chris Black... Plutôt mourir que lire un ouvrage de Chris Black ! Et puis c'est corpulent[1], c'est plantureux[2] – comme Sylvie, d'ailleurs –, c'est censé vous en fournir pour votre argent. »

Vérifiant que Sylvie et ses amies, absorbées par leur conver-
410 sation, ne l'observaient pas, il retourna le volume d'un geste discret. « Combien de pages, ce pavé ? Huit cents pages ! Quelle horreur ! Quand je pense qu'on abat des arbres pour ça, imprimer les immondices[3] de M. Chris Black... Il doit vendre des millions de volumes dans le monde entier, ce salaud... À cause
415 de lui on détruit une forêt de trois cents ans à chaque best-seller, vlan, on coupe, la sève coule ! Voici pourquoi on bousille la planète, on supprime les poumons du globe, ses réserves d'oxygène, ses écosystèmes, pour que de grosses femmes lisent ces gros livres qui valent zéro ! Ça me dégoûte... »
420 Puisque la conversation des copines se poursuivait sans

---

1. Gros
2. Épais
3. Ordures, saletés

qu'elles se souciassent de lui, il se pencha pour lire la quatrième de couverture.

Si elle avait su jusqu'où l'aventure la mènerait, Eva Simplon, agent du F.B.I., ne se serait pas attardée dans la maison de Darkwell. Cependant, comme elle vient d'en hériter d'une lointaine tante, elle y habite le temps d'organiser les visites pour la vendre. N'aurait-elle pas dû refuser ce cadeau empoisonné ? Car son séjour lui réserve des surprises aussi mystérieuses qu'angoissantes... Qui se réunit, à minuit passé, dans cette chambre inaccessible, au centre de la demeure, dont elle ne détecte pas l'entrée ? Que signifient ces chants psalmodiés[1] *dans la nuit ? Et qui sont ces étranges acheteurs qui proposent des millions de dollars pour acquérir une bicoque isolée ?*

Quel est ce manuscrit du XVIe siècle dont lui a parlé, un jour, sa tante défunte ? Que contient-il d'explosif qui justifie tant de convoitise ?

L'agent Eva Simplon n'étant pas au bout de ses peines, le lecteur risque de perdre le sommeil en même temps qu'elle.

« Ah, c'est croquignolet[2]... Si crétin qu'on se représente déjà le film – Maurice Plisson détestait aussi le cinéma –, avec violons stridents, éclairages bleus et pouffiasse blonde courant dans les ténèbres... Le fascinant, ce n'est pas qu'il y ait des imbéciles

---

1. Chantés d'une voix monotone
2. Mignon

pour lire ça, mais qu'il y ait un malheureux pour l'écrire. Il n'y a pas de sot métier, cependant on peut viser une manière moins
445 indigne de payer son loyer. En plus, ça doit prendre des mois, pondre ces huit cents pages. Deux solutions : soit ce Chris Black est un porc infatué[1] de son talent, soit c'est un esclave auquel un éditeur a braqué un pistolet sur la tempe. "Huit cents pages, mon vieux, pas une de moins ! – Pourquoi huit cents, monsieur ?
450 « Parce que, pauvre taré, merdeux de scribouillard[2], l'Américain moyen ne peut consacrer que vingt dollars de son budget mensuel et trente-cinq heures de son temps mensuel à la lecture, alors tu me produis un livre de vingt dollars et de trente-cinq heures de lecture, O.K. ? Pas besoin de déborder, ni plus ni moins. C'est
455 le bon rapport qualité-prix, la loi du marché. Pigé ? Et arrête de me citer Dostoïevski[3], je déteste les communistes." »

Accoudé au chariot, les épaules secouées par une joie moqueuse, Maurice Plisson s'amusait d'avoir inventé cette scène. Sacré Chris Black, il fallait le plaindre, au fond.

460 Arriva ce qu'il craignait, Sylvie insista pour lui présenter ses amies.

– Viens, Maurice, c'est par elles que j'ai déniché cette location. Grace, Audrey et Sofia séjournent non loin de nous, à trois kilomètres. Nous aurons l'occasion de nous revoir.

465 Maurice bredouilla quelques phrases en apparence aimables en se demandant si le Parlement ne devrait pas promulguer[4]

---

1. Exagérément fier
2. Écrivain de peu de talent
3. Fedor Dostoïevski, écrivain russe très connu (1821-1881)
4. Faire voter une loi

une loi interdisant d'attribuer des noms de belles femmes – Grace, Audrey, Sofia[1] – à des boudins. Puis on se promit des orangeades, des parties de boules, des promenades dans la nature et l'on se quitta à grands coups de « À bientôt ! ».

En rentrant à la villa, pendant que la campagne désertique défilait derrière sa vitre, Maurice ne put se retenir de songer à *La Chambre des noirs secrets* – quel titre insensé – dont un détail avait piqué sa curiosité. Quel pouvait être le manuscrit du XVIe siècle autour duquel l'intrigue tournait ? Ce devait être une œuvre existante, les romanciers américains manquant d'imagination, d'après ce que ses collègues littéraires affirmaient. Un traité d'alchimie ? Un mémoire des Templiers[2] ? Un registre de filiations inavouables ? Un texte d'Aristote[3] qu'on croyait perdu ? Malgré lui, Maurice ne cessait d'échafauder des hypothèses. Après tout, Chris Black, ou celui qui se cachait derrière ce pseudonyme, n'était peut-être pas une boursouflure[4] qui s'octroyait[5] du génie mais un chercheur honnête, un érudit[6],

1. Référence à Grace Kelly, Audrey Hepburn et Sofia Loren, trois actrices célèbres pour leur beauté.
2. Ordre ayant pour mission d'aider les pèlerins à se rendre en Terre Sainte
3. Philosophe de l'Antiquité grecque (– 384 – 322 av. J.-C.)
4. Ici, un être médiocre
5. Se croyait
6. Homme cultivé

BIEN LIRE

Comment l'arrivée à la villa se passe-t-elle ? Quelle est la particularité de l'endroit ?
Pour quelles raisons Maurice accompagne-t-il Sylvie pour faire les courses ?
Qui Sylvie rencontre-t-elle l'après-midi ?
Comment Maurice est-il amené à découvrir le livre de Chris Black ?

un de ces universitaires brillants que les États-Unis savent pro-
485 duire et ne veulent pas payer… Pourquoi pas quelqu'un comme lui, Maurice Plisson ? Ce brave lettré n'aurait accepté de rédiger cette infâme bouillie que pour honorer ses dettes ou nourrir sa famille. Tout n'était peut-être pas mauvais dans ce livre…

Maurice s'en voulut de témoigner cette indulgence et décida
490 de penser à des sujets plus sérieux. Aussi ce fut presque malgré lui qu'il subtilisa le livre en vidant les provisions de la malle : profitant d'un trajet entre la voiture et l'office[1], en trois secondes il le glissa dans un porte-parapluie en porcelaine.

Sylvie, tout à l'installation de sa cuisine, à la préparation du
495 repas du soir, ne s'en rendit pas compte. Pour l'empêcher d'y penser, Maurice alla jusqu'à proposer de regarder la télévision, précisant cependant que lui, à son habitude, irait rapidement se coucher.

« Si je la plante devant le poste, elle ne songera plus à lire et
500 elle restera scotchée sur son fauteuil jusqu'au dernier bulletin météo. »

Son plan se révéla juste. Ravie de découvrir que son cousin acceptait des plaisirs aussi simples qu'une soirée devant un film, Sylvie proclama qu'ils allaient passer des vacances extra
505 et qu'ils avaient eu raison de ne pas voyager cette année, ça les changerait.

Après une demi-heure d'un film qu'il ne regardait pas, Maurice bâilla avec ostentation[2] et avertit qu'il allait s'étendre.

1. Pièce située à côté de la cuisine
2. Ici, exagération

– Ne bouge pas, ne baisse pas le son, je suis si fatigué par le voyage que je vais m'assoupir tout de suite. Bonsoir, Sylvie.

– Bonne nuit, Maurice.

En traversant le hall, il attrapa le livre au cul du récipient, le glissa sous sa chemise, monta vite dans sa chambre où il expédia[1] sa toilette, ferma sa porte, s'installa au lit avec *La Chambre des noirs secrets.*

« Je veux juste vérifier quel est ce manuscrit du XVIe siècle », décida-t-il.

Vingt minutes plus tard, il ne se posait plus cette question ; la distance critique qu'il voulait garder avec le texte avait tenu peu de pages ; dès la fin du premier chapitre, il avait attaqué le deuxième sans respirer ; son sarcasme[2] fondait dans sa lecture comme le sucre dans l'eau.

À sa grande surprise, il apprit que l'héroïne, l'agent du F.B.I. Eva Simplon était une lesbienne ; cela le frappa tant qu'il devint dès lors incapable de mettre en doute les actes ou les pensées que l'auteur lui prêtait. De plus, la marginalisation[3] où sa sexualité plaçait cette belle femme renvoyait Maurice à sa propre marginalisation, celle de sa laideur, de sorte qu'il ne tarda pas à éprouver une forte sympathie pour Eva Simplon.

Entendre Sylvie éteindre la télévision et monter d'un pas lourd l'escalier lui rappela qu'il était censé dormir. Vil[4], il étei-

---

1. Bâcla
2. Critiques moqueuses
3. Le fait d'être en marge de la société, différent des autres
4. Lâche

gnit sa lampe de chevet. Hors de question qu'elle sache qu'il veillait ! Encore moins qu'elle réalise qu'il lui avait piqué son livre ! Et qu'elle le reprenne…

535 Les minutes qu'il endura dans les ténèbres furent longues, tracassières[1]. La maison craquait de mille bruits compliqués à identifier. Sylvie avait-elle pensé à boucler les issues ? Sûrement pas ! Il connaissait sa nature confiante. Ne se rendait-elle pas compte qu'ils habitaient une bâtisse étrangère, érigée[2] au milieu 540 de nulle part sur une terre sauvage ? Qui certifiait que la région n'était pas infestée de rôdeurs, de malfaiteurs, d'individus sans scrupules prêts à tuer pour une carte de crédit ? Peut-être même sévissait-il un maniaque qui pénétrait dans les villas pour égorger les habitants ? Un tueur en série. Le boucher des gorges de 545 l'Ardèche. Voire une bande… À l'évidence, tout le monde le savait dans le coin sauf eux, les nouveaux venus, parce qu'on ne les avait pas prévenus, les transformant en cibles idéales ! Il frissonna.

Dilemme[3] : se lever pour contrôler le verrouillage en se signa- 550 lant à Sylvie ou bien permettre à des êtres malintentionnés de s'introduire, de se cacher dans un placard ou à la cave ? À cet instant, un son lugubre[4] déchira la nuit.

Un hibou ?

Oui. Certainement.

---

1. Inquiétantes
2. Dressée
3. Choix difficile car les deux possibilités sont mauvaises
4. Sinistre

Ou un homme qui imite un hibou pour rassembler ses complices ? Rien de plus classique chez les malfaiteurs. Non ?

Non ! Un hibou, bien sûr.

Le cri reprit.

Maurice se mit à transpirer, ses lombaires[1] se trempèrent. Que dénotait cette répétition ? Cela prouvait-il que c'était un vrai hibou ou la réponse du complice ?

Il se redressa et bondit sur ses savates. Plus une minute à perdre. Peu importe ce que penserait Sylvie, une bande de psychopathes l'alarmait davantage que sa cousine.

En déboulant dans le couloir, il perçut des clapotis de douche ; cela le conforta : elle n'entendrait pas qu'il descendait.

Arrivé en bas, en voyant le salon et la salle à manger baignés d'une lumière spectrale[2], il constata avec horreur qu'elle avait laissé tout ouvert. Aucun volet de fenêtres, ni de portes-fenêtres, n'avait été clos, il suffisait de briser une vitre pour entrer. Quant à la porte, elle offrait sa clé dans sa serrure, même pas tournée. Pauvre folle ! Avec des gens comme elle, il ne fallait pas s'effarer[3] que des carnages se produisissent.

En hâte, il sortit et, sans prendre le temps de respirer tant il craignait de perdre une seconde, il repoussa les panneaux de bois, courant de fenêtre en fenêtre, n'osant pas regarder la campagne grise derrière lui, redoutant à chaque instant qu'une main ne s'abattît sur sa nuque pour l'assommer.

---

1. Région située au bas du dos
2. Qui tient du fantôme
3. S'étonner

Puis il rentra, tourna la clé, tira les loquets, abaissa les 580 clenches[1] et exécuta une nouvelle course à l'intérieur pour bloquer les contrevents[2] par leur barre.

Le sprint achevé, il s'assit pour reprendre son souffle. À mesure que son cœur tapait moins, puisque tout semblait calme autour de lui, il comprit qu'il venait de traverser une crise de 585 panique.

« Que t'arrive-t-il, mon pauvre Maurice ? Des terreurs comme ça, tu n'en as pas vécu depuis ton enfance. »

Il se rappelait avoir été un petit garçon peureux mais il estimait qu'une telle fragilité gisait[3] désormais derrière lui, dans un 590 monde évanoui, en un Maurice qui avait disparu. Cela pouvait-il revenir ?

« Ce doit être ce livre ! Il n'y a pas de quoi être fier de moi. »

En marmonnant, il remonta dans sa chambre.

Au moment de débrancher la lampe, il hésita.

595 « Encore quelques pages ? »

S'il n'éteignait pas, Sylvie, au cas où elle se relèverait, verrait la lumière glisser sous la porte de son cousin et s'étonnerait qu'il veille alors qu'il avait prétendu tomber de sommeil.

Il chercha dans l'armoire à linge un édredon, le déposa au 600 pied de sa porte pour obstruer[4] l'espace, ralluma, se réinstalla pour lire.

---

1. Pièces métalliques qui s'enclenchent dans le montant de la porte pour la maintenir fermée
2. Volets
3. Ici, avait disparu
4. Boucher

Cette Eva Simplon ne le décevait pas. Elle raisonnait comme lui, elle critiquait comme lui, quitte à souffrir ensuite de son exigence critique. Oui, tout comme lui. Il appréciait beaucoup cette femme.

Deux cents pages plus loin, ses paupières luttaient tant pour rester ouvertes qu'il se résolut à dormir et décrocha. En tapotant son oreiller pour s'installer, il se remémora les nombreuses notes en bas de page qui évoquaient les aventures précédentes dont Eva Simplon était également l'héroïne. Quel bonheur ! Il pourrait la retrouver dans d'autres livres.

Au fond, Sylvie n'avait pas tort. Ce n'était pas de la grande littérature mais c'était passionnant. De toute façon, il ne chérissait pas la grande littérature non plus. Demain, il faudrait qu'il s'arrange pour s'isoler, continuer sa lecture.

Il s'engourdissait quand une idée le dressa sur son matelas.

« Sylvie… bien sûr… »

Pourquoi ne l'avait-il pas remarqué plus tôt ?

« Mais oui… C'est pour ça qu'elle adore les romans de Chris Black, elle parlait d'Eva Simplon. Plus de doute : Sylvie est lesbienne ! »

La vie de sa cousine repassa dans son esprit tel un album de photos feuilleté à toute vitesse : penchant excessif pour le père

BIEN LIRE

Pour quelle raison Maurice veut-il lire finalement le livre choisi par Sylvie ?
Qu'est-ce qui rapproche Eva Simplon et Maurice ?
Pourquoi descend-il fermer les portes et fenêtres ? Cet instant de panique est-il lié selon vous à sa lecture du livre ?

qui aurait préféré qu'elle fût un garçon, échecs et ruptures avec
625 des hommes que l'on ne rencontrait jamais, en revanche à chaque anniversaire depuis cinquante ans ses copines filles, ses camarades filles, ses amies filles... Tantôt, les trois femmes qu'elle avait croisées avec enthousiasme – un enthousiasme suspect, non ? – ne ressemblaient-elles pas, avec leurs cheveux
630 courts de garçon, leurs vêtements masculins, leurs gestes sans grâce, à la supérieure d'Eva Simplon dans le roman, Josépha Katz, cette gouine adipeuse[1] qui hante les boîtes saphiques[2] de Los Angeles et conduit une Chevrolet en fumant un cigare ? Évidemment...

635 Maurice gloussa. Cette découverte ne le déconcertait que parce qu'elle venait si tard.

« Elle aurait pu me le dire. Elle aurait dû me le dire. Je peux comprendre des choses comme ça. Nous en parlerons demain si... »

640 Ce furent ses derniers mots avant de sombrer dans l'inconscience.

Hélas, le lendemain ne se déroula pas comme il l'avait prévu. Sylvie, reconnaissante à son cousin d'avoir inauguré le séjour en acceptant une modeste soirée devant la télévision, lui pro-
645 posa un voyage culturel ; guide en main, elle avait combiné un périple[3] qui permettrait de visiter des grottes préhistoriques et

1. Grasse
2. Pour lesbiennes
3. Voyage

des églises romanes. Maurice n'eut pas le cran de résister, d'autant qu'il n'imaginait pas lui avouer son seul désir, rester à la maison pour lire Chris Black.

Entre deux chapelles, alors qu'il se promenait sur le rempart fortifié d'un village médiéval, il décida d'avancer néanmoins sur un autre front, celui de la vérité.

– Dis-moi, Sylvie, serais-tu choquée d'apprendre que je suis homosexuel ?

– Ah mon Dieu, Maurice, tu es homosexuel ?

– Non, je ne le suis pas.

– Alors pourquoi me demandes-tu ça ?

– Pour te signaler que moi, je ne serais pas choqué d'apprendre que tu es lesbienne.

Son visage devint cramoisi[1]. Elle ne trouvait plus son souffle.

– Que racontes-tu, Maurice ?

– Je veux juste dire que quand on aime vraiment les gens, on peut tout admettre.

– Oui, je suis d'accord.

– Donc, tu peux te confier, Sylvie.

De cramoisi, elle vira au violet foncé. Il lui fallut une minute avant d'enchaîner :

– Tu penses que je te cache quelque chose, Maurice ?

– Oui.

Ils marchèrent encore une centaine de mètres puis elle s'arrêta, lui fit face et prononça d'une voix mouillée :

---

1. Rouge foncé

– Tu as raison. Je te cache quelque chose mais c'est encore trop tôt.

– Je suis à ta disposition.

675 Le flegme[1] confiant avec lequel Maurice prononça ces mots bouleversa sa cousine qui ne retint plus ses larmes.

– Je… je… je n'attendais pas ça de toi… c'est… c'est merveilleux…

Il sourit, bon prince.

680 Au dîner, après un succulent magret de canard, il tenta de relancer le sujet :

– Dis-moi, tes amies, Grace, Gina et…

– Grace, Audrey et Sofia.

– Tu les fréquentes depuis longtemps ?

685 – Non. Peu de temps. Quelques mois.

– Ah bon ? Pourtant, hier, vous aviez l'air très intimes.

– Il y a parfois des choses qui rapprochent.

– Tu les as connues où ?

– C'est… c'est embarrassant… je… je n'ai pas envie…

690 – C'est trop tôt ?

– C'est trop tôt.

– À ton aise.

Une boîte saphique, comme dans le roman, c'était certain ! Genre *L'Ambigu* ou *Le Minou qui tousse*, ces night-clubs où va 695 draguer Josépha Katz… Sylvie n'osait pas l'avouer. Maurice conclut qu'il avait été parfait avec sa cousine, qu'il méritait désormais d'aller se plonger dans le livre qu'il lui avait volé.

---

1. Ici, le très grand calme

Suivant le scénario de la veille, il brancha le téléviseur, prétendit s'intéresser à un feuilleton inepte[1], enfin se décrocha la mâchoire comme si le sommeil l'attaquait et se réfugia à l'étage.

Sitôt à sa chambre, il ne prit que le temps de se laver les dents, d'obturer le bas de la porte puis se jeta dans son livre.

Brillante dès la première réplique, Eva Simplon lui donna l'impression de s'être morfondue toute la journée en espérant son retour. En quelques secondes, il rejoignit Darkwell, la mystérieuse demeure de tante Agatha, si dangereusement isolée au milieu des montagnes. Il tremblait en songeant aux chants qui sortaient chaque nuit de ses murs.

Cette fois-ci, il s'absorba tant dans le roman qu'il n'entendit pas Sylvie éteindre la télévision ni monter se coucher. Ce n'est qu'à minuit qu'un hululement sinistre lui arracha la tête des pages.

La chouette !

Ou l'homme qui imitait la chouette !

Ses dents se crispèrent.

Il languit[2] quelques minutes.

De nouveau le cri.

Cette fois, pas moyen de louvoyer[3] : ça ne venait pas d'un animal mais d'un humain.

Un frisson glaça sa nuque : la porte !

Sylvie, pas davantage que la veille, n'avait dû barrer les issues.

---

1. Idiot
2. Attendit avec impatience
3. Faire des détours

D'autant qu'au matin, levé avant elle, il avait ouvert les volets afin d'éviter un interrogatoire.

Surtout, ne pas céder à la panique. Du sang-froid.

725 Se contrôler mieux qu'hier.

Il éteignit sa lampe, enleva le duvet devant sa porte, descendit les escaliers en tâchant de ne pas faire craquer le bois des marches.

Bien respirer. Un. Deux. Un. Deux.

730 Lorsqu'il arriva au palier, ce qu'il vit le cloua d'effroi.

Trop tard !

Un homme parcourait lentement le salon sous les rayons obliques envoyés par la lune. Sur les murs, son ombre gigantesque impressionnait davantage, découpant un menton dur,
735 des mâchoires lourdes et de curieuses oreilles en pointe. Silencieux, méticuleux[1], il soulevait chaque coussin, chaque plaid, essuyait les étagères à l'aveuglette.

Maurice retint son souffle. Le calme de l'intrus le terrifiait autant que sa présence. Par accrocs, la lumière mercure[2] touchait
740 son crâne chauve, lisse comme celui d'un bonze[3]. Le colosse ne se cognait ni aux meubles ni aux canapés, comme s'il connaissait déjà cette maison, continuait d'ausculter les lieux, tâtant deux fois, trois fois les mêmes endroits. Que cherchait-il ?

La tranquillité professionnelle du cambrioleur devenait
745 contagieuse. Maurice se tenait dans l'ombre sans s'agiter mais

---

1. Soigneux
2. Blanche
3. Moine bouddhiste

sans paniquer non plus. De toute façon, que faire ? Allumer pour l'effrayer ? Une ampoule ne le chasserait pas... Appeler Sylvie ? Ni une femme...

Se précipiter sur lui pour l'assommer et l'attacher ? L'athlète aurait le dessus. En plus, peut-être détenait-il une arme ? Pistolet ou arme blanche...

Maurice déglutit[1] avec tant de bruit qu'il craignit soudain de trahir sa présence.

L'intrus ne réagit pas.

Maurice espéra qu'il exagérait l'importance des sons émis par son corps ; ainsi, en ce moment, ces gargouillements fous dans son ventre...

L'intrus poussa un soupir. Il ne trouvait pas ce qu'il était venu chercher.

Allait-il monter à l'étage ? Maurice eut l'impression que, le cas échéant, son cœur allait se bloquer.

L'inconnu hésita, sa face puissante se leva vers le plafond, puis, comme s'il renonçait, il marcha vers la porte et sortit.

Les pas résonnèrent devant le bâtiment.

Après quelques mètres, les crissements s'arrêtèrent.

Attendait-il ? Allait-il revenir ?

Comment réagir ?

Se plaquer sur la porte, la fermer à double tour ? Le colosse le remarquerait et reviendrait alors en défonçant les portes-fenêtres.

---

1. Avala sa salive

Mieux valait espérer qu'il s'éloigne.

Et le vérifier.

Maurice remonta l'escalier avec précaution, entra dans sa chambre, poussa le battant, s'approcha de la fenêtre.

775 À travers l'étroite fente entre ses volets clos, il voyait mal. Le bandeau de garrigue[1] impassible[2] et déserte qu'il apercevait ne permettait pas de conclure que l'intrus était parti.

Maurice se figea une heure à observer et écouter.

Par instants, il lui semblait que plus rien ne bougeait, à 780 d'autres il croyait que cela reprenait. Cette vaste maison produisait déjà tant de vacarme par elle-même – craquements de poutres, de planchers, grondements de tuyaux, courses de souris au grenier – qu'il peinait à identifier ces sourdes activités.

Il fallait néanmoins redescendre. Hors de question de passer 785 la nuit porte et volets ouverts ! L'homme pouvait revenir. S'il avait renoncé à monter à l'étage, c'est parce qu'il le savait habité ; mais n'allait-il pas changer d'avis ? N'allait-il pas revenir plus tard, pensant chacun assoupi[3], pour chercher ce qu'il voulait au deuxième niveau ? En outre, que cherchait-il ?

790 « Non, Maurice, ne sois pas stupide, ne confonds pas avec le livre que tu lis : à la différence de *La Chambre des noirs secrets*, cette demeure ne recèle[4] sûrement pas un manuscrit contenant la liste des enfants qu'auraient eus ensemble le Christ et Marie-

1. Lande, terre non cultivée dans le Sud de la France
2. Très calme
3. Endormi
4. Cache

Madeleine. Ne te laisse pas impressionner. Cependant, il y a quelque chose ici, une chose unique que veut le colosse inconnu, lequel ne cherche pas pour la première fois tant il se déplace avec aisance dans les lieux… Quoi donc ? »

Le plancher du couloir vibra.

L'intrus revenait ?

À genoux, Maurice glissa jusqu'à sa porte et regarda par le trou de serrure.

Ouf ! c'était Sylvie.

Dès qu'il ouvrit la porte, sa cousine sursauta.

– Maurice, tu ne dors pas ? Je t'ai réveillé peut-être…

Maurice articula d'une voix sans couleur :

– Pourquoi es-tu debout ? Tu as vu quelque chose ?

– Pardon ?

– Tu as noté quelque chose d'anormal ?

– Non… je… je n'arrivais pas à dormir, alors je me demandais si je n'allais pas me préparer une tisane. Je suis désolée. Je t'ai effrayé ?

– Non, non…

– Alors quoi ? Tu as vu quelque chose de bizarre ?

Les yeux de Sylvie s'élargirent d'inquiétude.

Maurice balança sur ce qu'il allait répondre. Non, ne pas la paniquer. D'abord gagner du temps. Gagner du temps contre l'intrus qui pouvait revenir.

– Dis-moi, Sylvie, proposa-t-il en tentant de donner à ses mots un débit régulier et un timbre normal, ne vaudrait-il pas

820 mieux pousser les volets le soir ? Et la porte, je suis sûr que tu n'y as pas donné un tour de clé.

– Bah, on ne craint rien, personne ne circule ici. Rappelle-toi le mal qu'on a eu à dégoter le chemin.

Maurice songea qu'elle était chanceuse d'être aussi sotte. S'il 825 lui révélait qu'une heure auparavant, un inconnu auscultait le salon… Mieux valait qu'elle stagne dans sa confiance ignorante. Lui-même aurait moins peur s'il était le seul à avoir peur.

Elle s'approcha et le dévisagea.

– Tu as vu quelque chose ?

830 – Non.

– Quelque chose d'extraordinaire ?

– Non. Je suggère simplement que nous utilisions la porte et les volets. Est-ce impensable pour toi ? Contre tes principes ? Opposé à ta religion ? Ça t'agresse à ce point ? Tu ne dormiras 835 plus de la nuit si nous sommes barricadés ? L'insomnie te guette si l'on prend des précautions élémentaires de sécurité, ce pour quoi les serrures et les volets ont été inventés ?

Sylvie perçut que son cousin perdait la maîtrise de ses nerfs. Elle sourit de façon tonique.

840 – Non, bien sûr. Je vais le faire avec toi. Mieux, je vais le faire pour toi.

Maurice soupira : il n'aurait pas à ressortir dans la nuit où rôdait le colosse.

– Merci. Tiens, je te prépare ton infusion pendant ce temps-845 là.

Ils descendirent. Quand Maurice constata avec quelle insouciance[1] elle traînait dehors pour fermer les volets, il bénit l'inconscience.

Après deux tours de clé à la porte, le blocage des loquets, elle le rejoignit dans la cuisine.

– Tu te souviens comme tu étais peureux quand tu étais petit ?

Cette phrase agaça Maurice tant elle lui paraissait déplacée.

– Je n'étais pas peureux, j'étais prudent.

Sa réponse n'avait aucun sens concernant le passé, elle n'éclairait que la situation présente. Peu importait ! Sylvie, frappée par l'autorité soudaine de son cousin, n'ergota[2] pas.

Pendant que les feuilles de tilleul infusaient, elle évoqua leurs vacances enfantines, leurs promenades en barque pendant que les adultes s'abîmaient[3] dans la sieste au bord du Rhône, les poissons qu'ils volaient aux bassines des pêcheurs pour les rendre au fleuve, la cabane qu'ils avaient appelée le Phare sur une île qui coupait les eaux…

Alors que Sylvie suivait le fil de sa nostalgie, la mémoire conduisait Maurice ailleurs, vers d'autres souvenirs de cette époque, lorsque ses parents recommencèrent à sortir au cinéma ou au dancing, estimant leur fils de dix ans assez raisonnable désormais pour demeurer seul dans l'appartement. Il traversait

1. Absence d'inquiétude, caractère de celui qui ne se soucie de rien
2. Discuta
3. Se laissaient aller à

des heures de terreur. Abandonné, minuscule sous ses hauts
870 plafonds de quatre mètres, il hurlait en regrettant sa mère et son père, leur présence familière, leurs odeurs rassurantes, la mélodie des paroles consolantes ; il pleurait à flots abondants car son corps savait que des larmes provoquent l'apparition des parents. En vain. Plus rien de ce qui avait fonctionné pendant
875 des années pour échapper au désarroi[1], à la douleur ou à la solitude ne marchait. Il avait perdu tous ses pouvoirs. Plus un enfant. Pas encore un adulte. Du reste, quand ils revenaient, à une heure du matin, vifs, joyeux, enivrés[2], avec des voix différentes, des parfums différents, des gestes différents, il les
880 détestait et se jurait de ne jamais devenir un adulte, un adulte comme eux, un adulte sensuel, lascif[3], gouailleur[4], friand des plaisirs, table, vin, chair. S'il avait mûri, c'était autrement, en développant sa tête. Cérébralité, science, culture, érudition[5]. Ni le cul ni l'estomac. Adulte oui, mais en devenant savant,
885 pas en devenant animal.

Était-ce la raison pour laquelle il avait refusé les romans ? Parce que, ces soirs de trahison, sa mère lui déposait les livres dont elle raffolait sur sa table de nuit afin qu'il s'occupât ? Ou parce qu'il avait cru dur comme fer au premier qu'il avait lu et

1. Détresse
2. Sous l'effet de l'alcool
3. Qui évoque la sensualité
4. Qui plaisante
5. Culture, savoir

BIEN LIRE

Qu'est-ce qui, dans la réaction de Sylvie, pousse Maurice à croire qu'il a vu juste à propos d'elle ?
Qu'est-ce qui frappe le plus Maurice dans le comportement de l'intrus ?
Le caractère de Maurice adulte est-il très différent de celui qu'il avait enfant ?

s'était senti humilié lorsque ses parents, morts de rire, lui avaient appris que tout y était faux ?

– Maurice... Maurice... tu m'écoutes ? Je te trouve un peu étrange.

– Mais tout est étrange, Sylvie. Tout. Étrange et étranger. Regarde, toi et moi, nous nous connaissons depuis notre naissance, pourtant chacun dissimule des secrets.

– Tu fais allusion à...

– Je fais allusion à ce dont tu ne me parles pas et dont, peut-être, un jour, tu me parleras.

– Je te jure que je t'en parlerai.

Elle se jeta sur lui, l'embrassa et, aussitôt, se sentit gênée par ce geste.

– Bonne nuit, Maurice. À demain.

Le lendemain se déroula de façon si insolite[1] qu'aucun des deux n'eut le courage de commenter.

Maurice avait d'abord tenté de se rendormir après ces émotions puis, comme il n'y parvenait pas, il avait rallumé et continué sa lecture de *La Chambre des noirs secrets*. Sa sensibilité, déjà mise à vif par la visite de l'intrus, ne fut pas apaisée par la suite du roman : Eva Simplon – décidément, il appréciait cette femme, on pouvait compter sur elle – subissait les menaces d'acheteurs peu scrupuleux[2] qui orchestraient[3] des incidents

1. Étrange
2. Sans conscience
3. Organisaient

mortels parce qu'elle refusait de leur vendre Darkwell. Échappant à chaque fois de justesse à ces attentats déguisés en accidents, Eva Simplon butait contre un nouveau problème, aussi préoccupant : elle ne détectait pas l'entrée de la pièce ésotérique[1] d'où s'échappaient les chants chaque nuit. Ausculter les murs, inspecter la cave, examiner le grenier n'avaient rien donné. L'étude du cadastre[2] à la mairie, l'analyse des plans successifs archivés chez un notaire laissaient supposer un corps intérieur au bâtiment. Comment le gagner ? Qui s'y rendait chaque nuit ? Eva se refusait à croire aux fantômes ou aux esprits. Heureusement, cette salope de Josépha Katz lui avait envoyé un jeune architecte qui tentait de recomposer la structure de la demeure – Josépha Katz, quoiqu'elle fût une goudou infernale qui draguait encore Eva Simplon après dix-huit mille refus, se révélait fort professionnelle – car il allait peut-être découvrir une explication qui écarterait toutes les hypothèses surnaturelles. Et pourtant... Bref, à huit heures du matin, Maurice, qui ne s'était pas reposé une minute, se leva fatigué, irritable[3], furieux d'abandonner Eva Simplon à Darkwell pour tomber en Ardèche avec sa cousine. D'autant que, ce lundi, il fallait se farcir un pique-nique avec les amies rencontrées au supermarché... Une journée dans une colonie de gouines, au milieu de ces femmes toutes plus charpentées[4], plus viriles[5] que lui, non merci !

1. Réservée à un groupe restreint d'initiés
2. Plans et registres
3. Facilement en colère
4. Au physique large
5. Masculines

Il tenta d'arguer[1] que, indisposé[2], il préférait se soigner ici. Sylvie tint bon :

– Pas question. Si tu es malade et que ça devient grave, je dois te bichonner. Soit je reste ici, soit tu viens avec moi.

Comprenant qu'il ne parviendrait pas à sauver sa lecture, il l'accompagna.

Les heures passèrent comme un supplice. Un soleil sadique brûlait les sentiers en caillasse sur lesquels ils s'épuisèrent à cheminer. Lorsqu'ils parvinrent à une retenue d'eau verte où la rivière Ardèche calmait son débit torrentueux, Maurice ne parvint pas à tremper davantage qu'un orteil dans le liquide glacé. Le repas dans l'herbe se révéla un traquenard car Maurice commença par s'asseoir sur un nid de fourmis rouges et finit par être piqué par une abeille qui voulait manger le même abricot que lui. Il se vida les poumons jusqu'à avoir la tête qui tourne pour maintenir vivace le feu qui cuisait les saucisses ; le reste de l'après-midi, il éprouva des difficultés à digérer son œuf dur.

Au retour, elles voulurent pratiquer un jeu de société. Sauvé, Maurice tenta de s'isoler pour une sieste réparatrice, or, apprenant qu'il s'agissait d'un concours de connaissances historiques et géographiques, il ne put résister, il y participa. Comme il gagnait chaque partie, il continua, devenant de plus en plus méprisant envers ses partenaires à mesure qu'il remportait ses victoires. Quand il devint trop odieux, les femmes se lassèrent et l'on servit un apéritif. Le pastis après une journée de soleil acheva de bouleverser son fragile équilibre de sorte que, lorsque

---

1. Prétexter
2. Malade

Sylvie et lui rentrèrent à la villa, il souffrait non seulement de courbatures mais d'un mal de tête tenace.

965 À neuf heures, sitôt après la dernière bouchée, il cadenassa les volets et la porte puis monta se coucher.

Appuyé sur ses oreillers, il hésitait entre deux sentiments contradictoires : se réjouir de rejoindre Eva Simplon ou redouter une nouvelle visite de l'intrus. Après quelques pages, il avait 970 oublié ce dilemme[1], il tremblait à l'unisson de l'héroïne.

À dix heures et demie, il discerna[2] que Sylvie éteignait la télévision et grimpait pesamment.

À onze heures, il commençait, telle Eva Simplon, à se demander si, au fond, les spectres n'existaient pas. Sinon, comment 975 expliquer que des individus traversent les murs ? Arrive un moment où l'irrationnel[3] n'est plus irrationnel puisqu'il devient la seule solution rationnelle.

À onze heures trente, un bruit l'arracha au livre.

Des pas. Des pas légers, discrets. Pas du tout ceux de Sylvie.

980 Il éteignit et s'approcha de la porte. Dégageant l'édredon, il écarta le battant.

Il devinait une présence au rez-de-chaussée.

À peine eut-il pensé cela que l'homme apparut dans l'escalier. Le colosse chauve, avec un silence précautionneux, mon-985 tait à l'étage poursuivre ses recherches.

---

1. *Cf* p. 80, note n° 3.
2. Devina au bruit
3. Ce qui est contraire à la raison

Maurice repoussa sa porte et s'appuya contre la menuiserie pour résister aux tentatives de l'intrus s'il voulait rentrer. En une fraction de seconde, son corps fut couvert d'eau, il transpirait des gouttes épaisses qu'il sentait couler dans sa nuque, son dos.

L'inconnu s'arrêta devant sa porte puis continua.

Collant son oreille au bois, il perçut des frottements confirmant cet éloignement.

Sylvie ! Il se rendait chez Sylvie !

Que faire ? Fuir ! Dévaler l'escalier et déguerpir dans la nuit. Mais où ? Maurice ne connaissait pas la campagne tandis que l'homme, lui, la possédait dans ses moindres détours. Puis il ne pouvait pas sacrifier sa cousine et, lâche, l'abandonner aux mains du malfaiteur…

En entrebâillant, il vit l'ombre pénétrer chez Sylvie.

« Si je réfléchis davantage, je ne bougerai pas. »

Il fallait foncer ! Maurice savait très bien que plus les secondes s'écouleraient, moins il serait capable d'initiative.

« Souviens-toi, Maurice, c'est comme le plongeon en hauteur : si tu ne sautes pas tout de suite, tu ne sautes jamais. Le salut tient à l'inconscience. »

Il respira largement et bondit dans le couloir. Il s'élança vers la chambre.

– Sylvie, attention ! Attention !

Comme l'intrus avait clos la porte, Maurice l'emboutit[1].

---

1. Enfonça

– Dehors !

La pièce était vide.

Vite ! Regarder sous le lit !

Maurice s'aplatit au sol. L'inconnu ne s'était pas caché sous 1015 le sommier.

Placard ! Penderie ! Vite !

En quelques secondes, il ouvrit toutes les portes.

Ne comprenant plus, il hurla :

– Sylvie ! Sylvie, où es-tu ?

1020 La porte de la salle de bains s'ouvrit, Sylvie en sortit, affolée, peignoir à peine noué, tenant une brosse à la main.

– Que se passe-t-il ?

– Es-tu seule dans la salle de bains ?

– Maurice, tu es fou ?

1025 – Es-tu seule dans la salle de bains ?

Docile[1], elle y retourna, jeta un coup d'œil, puis fronça les sourcils pour dénoncer sa perplexité[2].

– Évidemment, je suis seule dans ma salle de bains. Avec qui devrais-je être ?

1030 Brisé, Maurice chut[3] au bord du lit. Sylvie se précipita pour le prendre contre elle.

– Maurice, que t'arrive-t-il ? Tu as cauchemardé ? Parle-moi, Maurice, parle-moi, dis-moi ce qui te préoccupe ?

---

1. Obéissante
2. Son hésitation, son indécision
3. Tomba

À partir de cet instant, il devait se taire sinon, comme Eva Simplon dans le roman, on commencerait à le prendre pour un fou, on feindrait[1] de l'écouter sans l'entendre.

– Je… je…

– Oui, dis-moi, Maurice. Dis-moi.

– Je… j'ai dû faire un mauvais rêve.

– Voilà, c'est fini. Tout va bien. Ce n'était pas grave. Viens, nous allons descendre à la cuisine et je vais nous concocter[2] une tisane.

Elle l'entraîna en bas, sans cesser de parler, confiante, impavide[3], imperturbable. Maurice, progressivement gagné par sa sérénité, pensa qu'il avait raison de garder ses craintes pour lui. L'attitude apaisante de Sylvie lui donnerait la force de mener seul l'enquête jusqu'au bout. Après tout, lui n'était qu'un simple professeur d'histoire, pas un agent du F.B.I. exercé aux situations exceptionnelles comme Eva Simplon.

Pendant que Sylvie babillait[4], il se demanda s'il n'y avait pas une analogie entre cette maison et Darkwell. Une pièce clandestine, munie d'une trappe occulte[5], se dissimulait peut-être entre ces murs, un réduit dans lequel l'homme s'était réfugié ?

Il frissonna.

Cela signifiait que l'intrus était toujours parmi eux… Ne valait-il pas mieux partir aussitôt ?

---

1. Ferait semblant
2. Préparer
3. Sans peur
4. Bavardait sans s'arrêter
5. Mystérieuse, secrète

Une révélation l'assomma. Mais oui ! Bien sûr ! Comment l'homme avait-il pénétré ici puisque tout accès extérieur était condamné ?

1060 Il n'était pas rentré : il était déjà là. En réalité, l'homme habitait cette demeure, il y habitait depuis plus longtemps qu'eux. Il logeait dans un espace qu'ils n'avaient pas décelé à cause de l'architecture un peu bizarre.

« Nous l'avons dérangé quand nous sommes arrivés. »

1065 Qui est-il ? Et que cherche-t-il le soir ?

À moins…

Non.

Si ! Pourquoi pas un fantôme ? Après tout, on en parle depuis si longtemps, des fantômes. Comme déclarait Josépha Katz 1070 entre deux bouffées de cigare : il n'y a pas de fumée sans feu. Est-ce que…

Maurice, interdit[1], ne parvenait pas à savoir ce qui était le moins effrayant, le colosse se terrant[2] au cœur du bâtiment sans qu'on sache comment ni pourquoi, ou le spectre qui hanterait 1075 le foyer…

– Maurice, tu m'inquiètes. Tu n'as pas l'air dans ton assiette.

– Mm ? Un début d'insolation peut-être…

– Peut-être… demain, si tu ne te sens pas mieux, j'appelle le médecin.

1080 Maurice pensa « Demain, nous serons morts » mais le garda pour lui.

1. Troublé
2. Cachant

– Bon, je retourne me coucher.
– Une autre infusion ?
– Non merci, Sylvie. Monte devant, je t'en prie.

Pendant que Sylvie gravissait les premières marches, Maurice usa du prétexte d'éteindre la cuisine pour saisir au crochet du mur le long couteau à découper. Il le glissa dans la manche béante[1] de son pyjama.

À l'étage, ils se souhaitèrent une douce nuit.

Maurice allait refermer sa porte quand Sylvie l'arrêta en présentant sa joue.

– Tiens, j'ai envie de t'embrasser. Comme ça, tu seras encore plus calme.

Elle lui colla un baiser humide sur la tempe. Au moment où elle reculait, ses yeux marquèrent sa surprise : elle voyait quelque chose derrière Maurice, oui, elle distinguait quelque chose dans la pièce qui la stupéfiait !

– Quoi ? Qu'y a-t-il ? s'exclama-t-il, paniqué, persuadé que l'intrus se tenait derrière lui.

Sylvie réfléchit une seconde puis éclata de rire.

– Non, je songeais à quelque chose, aucun rapport. Arrête d'être anxieux comme ça, Maurice, arrête de te noircir le sang. Tout va bien.

Elle partit en riant.

Maurice la regarda disparaître avec un mélange d'envie et de pitié. Bienheureux les abrutis ! Elle ne soupçonne rien, elle se divertit de mon inquiétude. Il y a peut-être un fantôme ou un

1. Large

assassin en puissance juste derrière le mur sur lequel s'appuie son oreiller et elle préfère me charrier. Sois un héros, Maurice, laisse-la à ses illusions : ça ne doit pas te vexer.

Il se coucha pour réfléchir mais cette méditation n'eut pour effet que de l'angoisser davantage. D'autant que la présence inhabituelle du couteau posé à côté de sa cuisse sur le drap, lame glacée, l'inquiétait plus qu'elle ne le stimulait.

Il rouvrit *La Chambre des noirs secrets* comme on rentre chez soi après un voyage éprouvant. Peut-être la solution était-elle contenue aussi dans le livre ?

À une heure du matin, alors que le récit devenait plus haletant que jamais, alors qu'il ne lui restait plus que cinquante pages pour découvrir le fin mot de l'énigme, il sentit des mouvements dans le couloir.

Cette fois, sans hésiter une seconde, il éteignit, empoigna le manche de l'arme sous le drap.

Quelques secondes plus tard, la poignée de sa porte tournait millimètre après millimètre.

L'intrus tentait de pénétrer chez lui.

Avec beaucoup de précaution, une lenteur éprouvante[1], il poussait la porte. Quand il passa le seuil, la lumière grise envoyée par la lucarne[2] du corridor lustra son crâne chauve.

---

1. Difficile à supporter nerveusement
2. Petite fenêtre

BIEN LIRE

Que se passe-t-il dans la chambre de Sylvie ?

À quoi Maurice pense-t-il pendant qu'ils sont dans la cuisine ?

Maurice retint sa respiration, affecta[1] de fermer les yeux ; un fil d'ouverture lui permettait d'apercevoir la progression du colosse.

Celui-ci s'approcha du lit et tendit la main vers Maurice.

« Il va m'étrangler ? »

Maurice jaillit des draps, le couteau à la main et, hurlant de terreur, frappa l'inconnu dont le sang gicla.

L'agitation était inhabituelle. De fait, il était rare que de tels événements se produisissent dans ces patelins ardéchois, d'ordinaire si tranquilles.

Aux voitures de police s'ajoutaient celles du maire, du député local, des plus proches voisins. Alors que la bâtisse dominait un désert rocheux, des dizaines de badauds[2] avaient trouvé le moyen d'apprendre l'incident et d'accourir.

On fut obligé de protéger l'accès de la villa par un barrage symbolique, un ruban plastifié, puis de placer trois gendarmes pour réfréner[3] les curiosités malsaines.

Pendant qu'un camion emportait le cadavre, les policiers et les officiels regardaient sans conviction[4] cette femme volumineuse répéter pour la dixième fois son histoire en s'interrompant pour hoqueter, pleurer, se moucher.

– Au moins, je vous en prie, laissez entrer mes amies. Ah, les voici.

---

1. Fit semblant
2. Curieux
3. Freiner
4. Sans y croire

Grace, Audrey, Sofia se précipitèrent sur Sylvie pour l'embrasser et la consoler. Puis elles s'assirent sur les canapés voisins.

1155 Sylvie justifia leur présence aux policiers :

– C'est grâce à elles que j'ai loué cette villa. Nous nous sommes rencontrées cet hiver à l'hôpital où nous étions soignées, service du professeur Millau. Ah, mon Dieu, si j'avais pu me douter…

1160 Pour elles, elle recommença son récit :

– Je ne comprends pas ce qui s'est passé. Il était si gentil, Maurice, cette année. Plus conciliant[1] que les autres fois. Plus simple. Je crois qu'il avait compris que je relevais de maladie, que j'avais subi une chimiothérapie contre le cancer. Peut-être

1165 quelqu'un le lui avait-il dit ? Ou l'avait-il deviné ? Tous ces derniers jours, il m'avait tendu des perches en suggérant qu'il m'aimait comme j'étais, que je ne devais rien lui cacher. Mais c'est vrai que pour moi, c'est dur. Je n'accepte pas d'avoir perdu mes cheveux à cause des traitements et de dissimuler mon crâne sous

1170 une perruque. Le premier soir, je me suis figuré qu'il m'avait vue, en bas, en pyjama, sans perruque, en train de chercher un livre que j'avais acheté au supermarché et que j'avais égaré. Hier soir, en lui souhaitant une bonne nuit, à sa porte, après une tisane, je me suis rendu compte que ce fichu livre était dans sa

1175 chambre, sur son lit. Alors vers minuit, comme je tournais en rond sans dormir – je récupère mal depuis ma maladie –, je me suis imaginé que, sans déranger, je pouvais aller le récupérer.

1. Prêt à être agréable

Maurice somnolait. J'ai pris garde à ne pas le réveiller, progressant sans aucun bruit, puis, au moment où je mettais la main sur le livre, il s'est jeté sur moi. J'ai senti une horrible douleur, j'ai vu une lame de couteau, j'ai crié en me débattant, j'ai envoyé Maurice valdinguer en arrière, il a rebondi sur le mur puis il est retombé sur le côté et là, paf, le coup du lapin ! Sa nuque a heurté la table de nuit ! Raide mort !

Les sanglots l'arrêtèrent.

Le commissaire se frottait le menton sans conviction et consulta son équipe. La thèse de l'accident leur semblait improbable. Pourquoi l'homme aurait-il couché avec un couteau s'il ne craignait pas une agression de sa cousine ?

Puis, malgré les protestations des femmes qui soutenaient leur amie, il annonça à Sylvie qu'elle serait inculpée. Non seulement il n'y avait nulle trace de lutte mais elle était, de son propre aveu, l'unique héritière de la victime. On l'emmena, les poignets cerclés de menottes.

Retournant seul à l'étage, les mains protégées par des gants, il glissa dans des sacs en plastique transparents les deux pièces à conviction, un immense couteau de cuisine et un livre, *La Chambre des noirs secrets*, de Chris Black, dont les pages étaient, elles aussi, maculées de sang.

BIEN LIRE

À quoi est dû le quiproquo final ?
Pourquoi Maurice est-il mort ?
Qui sont en réalité Grace, Audrey et Sofia ?

1200 En rangeant ce dernier, il parcourut ce qu'on distinguait encore du résumé sous les traces brunes et ne put s'empêcher de murmurer avec un soupir :

– Il y a vraiment des gens qui ont de mauvaises lectures…

Après-texte

POUR COMPRENDRE

GROUPEMENT DE TEXTES

INTERVIEW EXCLUSIVE

INFORMATION/DOCUMENTATION

Lire

1 Quel est l'intérêt de la première phrase de ce passage ? Qu'est-ce que cela nous apprend du traitement que l'auteur va faire de ce crime ?

2 Page 9 : relevez tout ce qui relève du champ lexical du danger et de la mort. Dans quelle atmosphère cela nous lance-t-il ?

3 Quel est le point de vue utilisé dans ce passage (pour répondre appuyez-vous sur le *À savoir* p. 121) ? Justifiez votre réponse en relevant des passages du texte. Pourquoi l'auteur a-t-il fait ce choix ?

4 Page 11, lignes 49-54 : quel substantif Gabrielle emploie-t-elle pour évoquer le meurtre de son mari ? Qu'est-ce que cela nous laisse entendre concernant Gab ?

5 Page 11 : on relève plusieurs paragraphes très courts. Relevez les trois paragraphes concernés et étudiez en quoi ils sont importants.

6 Dans le dernier paragraphe de la page 11, la description qui est faite dénote par rapport à l'action : pourquoi ? Comparez ce passage avec le paragraphe suivant, page 12. Que pouvez-vous en dire ?

7 Où trouve-t-on la première occurrence du prénom du mari ? Que pensez-vous de la proximité des deux prénoms. Que pourrait symboliser cette similitude pour vous ? Développez votre réponse en argumentant.

Écrire

8 Page 10, lignes 42-46 : récrivez ce passage en le transformant en un monologue intérieur que Gabrielle se dirait à elle-même pour se donner du courage. Vous devrez transformer les infinitifs en verbes conjugués, en utilisant l'impératif ou le futur. Dans tous les cas, votre discours devra être cohérent.

Chercher

9 Il est question d'ascension à plusieurs reprises dans ce passage, même si cela ne relève pas de l'exploit. Cherchez des informations concernant des ascensions de monts célèbres (le mont Blanc, l'Annapurna, l'Everest...). Concernant l'Annapurna, trouvez quels sont les premiers aventuriers à l'avoir conquis.

10 Dans un autre recueil d'Éric-Emmanuel Schmitt, *Concerto pour un ange*, on trouve deux nouvelles que l'on peut rapprocher de notre ouvrage : dans l'une d'elles, l'héroïne a également tué ses maris et, dans l'autre, un des héros ne doit qu'au hasard de ne pas être un meurtrier. Cherchez quelles sont ces deux nouvelles. Lisez l'une d'elles et faites-en un compte rendu.

À SAVOIR

LA NOUVELLE À CHUTE

La nouvelle est un texte narratif qui se rapproche du roman. Comme lui, elle raconte en général une histoire fictive et l'imagination règne en maître. C'est surtout sa longueur qui la distingue du roman. Elle est **courte** ou de longueur moyenne. Elle peut, en effet, compter quelques lignes seulement ou bien une centaine de pages. Pour les textes les plus longs, les Anglo-Saxons utilisent le terme de « novella », de plus en plus utilisé en français également. Il permet de désigner ainsi des écrits qui sont à la frontière entre la nouvelle et le roman.

La longueur seule ne suffit pas à caractériser la nouvelle. En effet, elle ne compte en général que **quelques personnages** principaux (très peu) et elle ne raconte qu'**une intrigue principale.** C'est le cas dans les deux textes que nous avons dans ce recueil : le premier raconte l'histoire des deux « Gab » et les autres personnages ne sont que très secondaires et le second nous fait rencontrer Maurice et Sylvie, deux cousins. L'unicité de l'intrigue est aussi évidente : la plongée dans le passé pour expliquer le crime qu'elle a commis pour Gabrielle et les vacances dans une villa isolée où Maurice, enseignant qui méprise les romans, va les découvrir pour son malheur.

Parce que le texte est souvent court, la nouvelle offre généralement une fin surprenante, à laquelle le lecteur ne s'attend pas : c'est ce qu'on appelle « **la chute** ». Il se rend compte en général que l'auteur l'avait volontairement emmené dans une autre direction et il découvre un dénouement souvent abrupt et sur lequel l'écrivain ne s'attarde pas, laissant le lecteur sur sa faim. C'est le cas dans les deux exemples que nous avons ici, puisque Gabrielle semble au début décidée à profiter de sa nouvelle liberté chèrement acquise et Maurice, de son côté, ne semble pas être à première vue le genre de personnage qui puisse se retrouver mêlé à un meurtre même accidentel.

Lire

1 De qui Gabrielle a-t-elle le plus peur dans ce passage ? Pourquoi ? Justifiez votre réponse en vous appuyant sur le texte.

2 Expliquez l'adjectif « théâtrale » (ligne 280).

3 Quel rapport logique unit les phrases des lignes 284 et 285 ?

4 Page 21 : montrez le rôle que joue la ponctuation dans la « réplique » de Paulette. Quel est son effet sur le lecteur ?

5 Montrez qu'à partir de la page 25, l'auteur nous permet d'avancer progressivement vers ce qui pourrait être le mobile en procédant par élimination.

6 Pages 26-27 : que fait Gabrielle en discutant avec son avocat et en lui donnant des raisons de douter du témoignage du berger ? Relevez une phrase de son avocat qui vous l'explique.

7 Expliquez la phrase de l'avocat (ligne 458-459) « Ce serait louche dans votre bouche » ? Pourquoi tient-il ces propos ?

8 Pourquoi Gabrielle se met-elle à pleurer à la fin de ce passage ? Appuyez-vous sur le texte.

Écrire

9 Le soir, rentré chez lui, Maître Plissier discute avec sa femme de sa journée. Il lui parle de Gabrielle et lui exprime ses doutes et ses interrogations à son sujet. Reproduisez la conversation qu'ils ont tous les deux. Vous vous attacherez à ne donner qu'un rôle secondaire à sa femme et vous montrerez bien les hésitations de l'avocat ainsi que les questions qu'il se pose.

Chercher

10 Cherchez le titre d'un film que vous avez vu ou d'un livre que vous avez lu et qui raconte l'histoire d'un crime passionnel. Il en existe beaucoup. Vous en choisirez un qui selon vous présente un intérêt certain. Vous en ferez un résumé et vous présenterez les qualités de l'œuvre : les personnages, le style de l'auteur, la place donnée à l'enquête, la façon dont elle est traitée...

11 Ligne 365 : l'auteur utilise le mot « quadragénaire » qui désigne une personne d'une quarantaine d'années. Cherchez les autres termes de cette série en partant de 30 ans, jusqu'à 100 ans.

À SAVOIR

LES NIVEAUX DE LANGUE

Éric-Emmanuel Schmitt pour rendre son texte plus vivant, et par conséquent plus vraisemblable, joue beaucoup sur les différents **niveaux de langues** entre ses différents personnages. En règle générale, on utilise 4 niveaux de langue différents, qui varient en fonction du milieu, de l'origine sociale, de la situation ou de l'époque.

• *Populaire* : C'est un style marqué par son **incorrection**. Celle-ci tient en général au vocabulaire utilisé, considéré le plus souvent comme incorrect ou irrespectueux. Il est volontairement utilisé par les auteurs qui veulent reprendre les émotions, sentiments des personnages, ainsi que leur personnalité. Dans cette nouvelle, c'est dans le discours de Paulette que l'on en trouve le plus d'exemples : « les salauds » (lignes 301, 305), « bouffais la moquette » (ligne 302)...

• *Familier* : c'est le style le plus **utilisé à l'oral**. Il s'appuie en général sur une volonté d'aller à l'essentiel et sur une grammaire souvent incorrecte : « Dis-moi, la police t'a interrogée ? » (ligne 295). La question n'est pas correcte ne proposant pas une inversion du sujet ou bien l'utilisation de « Est-ce que... » De la même façon, on peut relever page 24 (l. 380-381), un style familier, ne donnant que l'essentiel : « À cinquante-huit ans ? Après trente ans de mariage ? »

• *Courant* ou *standard* : c'est le style le plus **neutre** car il utilise une grammaire correcte et un vocabulaire usuel, sans que le style soit travaillé d'une façon quelconque. Il s'utilise aussi bien à l'oral qu'à l'écrit.

• *Soutenu* ou *élevé* : C'est le style le plus « **travaillé** ». Il utilise des tournures de phrases recherchées et un vocabulaire moins banal, moins vulgarisé. Page 23, c'est le style utilisé dans le dialogue. Les inversions du sujet sont toujours faites : « Êtes-vous Gabrielle de Sarlat, épouse de feu Gabriel de Sarlat ? » (l. 344-345) en est un exemple. On remarque au passage le terme « feu » désignant une personne décédée et qui appartient également au langage élevé.

Lire

1 Quel portrait l'auteur fait-il de Paulette ? Le vocabulaire utilisé est-il mélioratif ou bien péjoratif ? Appuyez-vous sur des exemples précis que vous relèverez dans le texte afin de justifier votre point de vue.

2 Expliquez l'expression « le ver s'était introduit dans le fruit » (ligne 743).

3 Page 42 : dans le paragraphe des lignes 793/801, montrez que l'auteur joue sur les points de vue en alternant point de vue omniscient et point de vue interne.

4 Page 42, ligne 801 : qui le pronom indéfini « personne » reprend-il en fait ? Justifiez votre réponse. Qui parle dans la question qui précède ?

5 Dans la dernière partie de cette étape, relevez une analepse et une ellipse temporelle. Expliquez votre choix.

6 Page 52 : Gabrielle prend ses distances par rapport à son geste. Relevez le passage qui le prouve et expliquez-le.

7 Dans sa dernière lettre à ses enfants, Gabrielle leur dit au revoir sans vraiment leur dire la vérité sur ce qui s'est passé. Comment pouvez-vous expliquer cela ? Développez des arguments clairs et cohérents.

Écrire

8 Page 40 : on lit que Paulette s'est excusée auprès de Gabrielle des propos qu'elle a tenus sur son époux. Ecrivez leur conversation en montrant que Gabrielle, sans vouloir lui donner entièrement raison, ne conteste pas vigoureusement.

9 En vous appuyant sur la question 7, écrivez une autre lettre de Gabrielle, celle dans laquelle elle explique à ses enfants ce qui s'est passé réellement. Cette lettre devra être fidèle à l'intrigue et faire une synthèse claire des événements.

Chercher

10 La nouvelle se termine presque sur la lettre de Gabrielle. Comment appelle-t-on les romans écrits avec des lettres qui se suivent et forment par leur succession l'intrigue du roman ? Trouvez deux romans très célèbres de ce genre et indiquez leur auteur.

À SAVOIR

LE TRAITEMENT DU TEMPS

La narration n'est pour ainsi dire jamais parfaitement linéaire et l'auteur est bien souvent obligé, pour rendre son texte vivant et captivant, de faire des allers-retours entre le passé, le présent et le futur du temps du récit. Pour ce faire, il peut utiliser :

• *L'ellipse narrative ou temporelle* consiste à **passer sous** silence un certain laps de temps, qu'il soit court ou très long (plusieurs années). Plus l'ellipse est importante et plus l'auteur a besoin d'indiquer des repères pour permettre au lecteur de se situer à nouveau. Lorsque l'ellipse est courte, le lecteur pallie sans difficulté à ce « saut » dans le temps. On trouve une ellipse, ligne 724, annoncée par « Un jour ». On en relève une plus importante ligne 793, indiquée par le repère « quatre mois après ».
Elle est souvent utilisée pour **éviter les longueurs** et **accélérer le rythme** en ne parlant que des faits importants.

• *La prolepse* consiste à projeter le lecteur dans le temps. C'est une **anticipation** sur la suite de l'histoire. Elle nous emmène donc dans le futur de façon plus ou moins marquée. Page 12, on peut lire : « elle aurait le temps de paresser, de méditer, elle ne serait plus obsédée par ce que Gab faisait ou lui dissimulait » (ligne 82/3). Gabrielle alors pense à son avenir et envisage déjà ce que sera sa vie.

• *L'analepse* est le procédé inverse. À propos d'un film, on parlera plutôt de « **flash-back** ». Dans ce cas, l'auteur revient sur quelque chose qui s'est passé auparavant. C'est un procédé qui permet d'éclaircir une situation, de préciser certaines choses sans interrompre le cours de l'action et souvent en donnant au lecteur le sentiment qu'il vit au rythme des personnages. Dans ce passage, c'est grâce à ce moyen que l'écrivain nous permet de remonter avec Gabrielle jusqu'au « déclic » qui sera à l'origine de toute l'histoire. Page 38, ligne 705, on lit : « Le "déclic" était venu de Paulette... ». On comprend alors que le personnage va reprendre tous les éléments des derniers mois pour s'expliquer (et donc expliquer au lecteur) comment elle en est arrivée à commettre ce geste.

Lire

1 Ligne 150 : expliquez le groupe épithète détaché "déchirée par l'angoisse" dans le contexte.

2 Page 16-17 : on devine ce qui sera un élément important pour la suite de l'histoire ; quel est cet élément ?

3 Page 23 : relevez une ellipse temporelle importante. Que nous apprend-elle ?

4 Page 29 : le dernier paragraphe nous annonce que les choses tourneront sans doute mal pour Gabrielle. Comment appelle-t-on ce procédé ? Après avoir lu la totalité de la nouvelle, que pouvez-vous dire de ce qui est annoncé là ? Développez votre réponse.

5 Page 30 : comment Gabrielle envisage-t-elle son procès ? Quelle idée se fait-elle de l'avenir. N'est-ce pas étonnant selon vous ?

6 Quel témoignage fait basculer Gabrielle et lui fait douter de ce qu'elle a fait ? Expliquez en quoi ce témoignage est important.

7 Expliquez la ligne 1011 : « Ainsi le secret de son mari, c'était elle. » Pourquoi cette simple phrase est-elle mise en valeur ?

8 La fin du texte nous dévoile les intentions de Gabrielle et son dernier geste. Comment ce geste apparaît-il à vos yeux ?

Écrire

9 Vous êtes un des reporters couvrant le procès. Ecrivez un article assez court dans lequel vous présentez les faits et la situation à vos lecteurs. Aidez-vous de ce qui est dit page 34. Vous veillerez surtout à bien rendre compte de l'impression que Gabrielle fait sur le public.

10 Page 45 : imaginez la conversation qui a lieu entre les deux époux à propos des boîtes secrètes. Quels arguments Gabrielle utilise-t-elle pour convaincre Gab de céder ? Ecrivez le dialogue en restant fidèle à l'atmosphère et au ton évoqués dans le passage.

Chercher

11 Ligne 890, on peut lire « les femmes qui se taisent font des cancers ». On trouve une réplique assez proche dans un film qu'Eric-Emmanuel Schmitt a adapté d'un de ses livres. Il y est question d'un petit garçon, malade d'une leucémie incurable. Quel est ce livre et ce film ? Trouvez quelques renseignements les concernant.

À SAVOIR

LE TEXTE POLICIER

Le roman policier est un des genres littéraires qui se répète le plus car il utilise d'un roman à l'autre la même recette. C'est la manière dont les ingrédients sont utilisés qui fait la différence.

Ainsi selon Ducrot et Todorov dans leur *Dictionnaire encyclopédique des sciences du langage* (Point, Seuil, 1972) : « le bon roman policier ne cherche pas à être original (...) mais précisément à bien appliquer la recette ».

La recette consiste en fait à utiliser au mieux les différentes épices que sont :

- **le criminel**, qu'il ne faut pas confondre avec le meurtrier. Un crime est une atteinte à la loi, mais il peut s'agir d'un vol, d'un accident qui n'a pas nécessairement des conséquences fatales ;
- **le méfait**, qui est l'action blâmable commise par le criminel ;
- **l'enquêteur**, qu'il ne faut pas toujours associer au policier ou au détective.
- **le coupable**, qui doit en général subir les conséquences de ses actes,
- **le mobile** est la raison qui a poussé le criminel à agir.

Dans la première nouvelle, on trouve deux grilles de lecture : la version officielle, celle acceptée par le « public » et la version intime que seule Gabrielle et le lecteur connaissent :

	Version officielle	***Version intime***
Le criminel	Gabrielle	Gabrielle
Le méfait	L'assassinat de Gab	Avoir détruit son amour et tué son mari
L'enquêteur	La police	Gabrielle
Le coupable	Inconnu	Gabrielle ; complice : Paulette
Le mobile	Inconnu	Incapacité à s'aimer et jalousie

Cette nouvelle, sans pour autant que ce soit son objectif, soulève la question de la fiabilité de la justice qui se tient beaucoup aux apparences données par les personnes : le berger, qui n'est pourtant en rien concerné par le meurtre de Gab, devient presque coupable aux yeux de la justice et une victime aux yeux du lecteur qui connaît la vérité. On comprend que l'idée de « justice » dans les romans, est bien souvent une question de point de vue.

Lire

1 L'incipit nous présente le personnage principal : Maurice Plisson. Relevez les caractéristiques principales de ce professeur.

2 Page 59 : expliquez l'opinion de l'étudiant en vous appuyant sur la phrase suivante : « jugeant cette théorie trop tranchée pour un homme intelligent ».

3 Quelle impression le lecteur a-t-il en découvrant la panique de M. Plisson, lignes 81-86. Rapprochez ensuite ce texte des pages 62-63. Cette impression était-elle justifiée ? Pourquoi s'est-il tellement troublé ?

4 Expliquez la phrase : « L'étudiant accueillit *avec bienveillance* le trouble de son professeur » (l. 86).

5 L'imagination de l'étudiant est en marche, au bas de la page 60. Montrez comment l'étudiant, en fonction de ce qu'il sait ou croit savoir, écrit un petit scénario à propos de Plisson.

6 Après avoir lu ce début de nouvelle, vous êtes-vous fait une opinion sur Maurice Plisson ? Quelle est-elle ?

7 Lorsque Maurice Plisson parle des romans, il ne parle que de leur contenu, de l'imagination. Il oublie le style, le fait qu'une histoire imaginaire peut être lourde de significations... Qu'en pensez-vous ? Vous pourrez répondre en terminant la phrase commencée par l'étudiant, ligne 29 : « Mais la littérature... ».

Écrire

8 Lignes 46-47, on peut lire : « le roman, c'est le règne de l'arbitraire et du n'importe quoi ». Expliquez cette théorie dans un premier temps, puis développez l'avis contraire. La réfutation que vous écrirez devra comporter des arguments et des exemples précis.

9 Écrivez le discours que l'étudiant tiendra à ses camarades dès qu'il les verra, ainsi que c'est annoncé lignes 88/89. Vous tiendrez compte des informations que l'auteur vous a déjà données et de celles qu'il donne dans ce passage, à propos de Maurice Plisson.

Chercher

10 Lignes 38-39 : il est question de Paul Valéry. Recherchez des éléments biographiques et bibliographiques concernant cet auteur.

11 Cherchez les noms de quelques très grands romanciers français et certains de leurs ouvrages les plus célèbres.

12 L'enterrement de Victor Hugo a été un événement peu commun. Pourquoi ? Qu'est-ce que cela prouve sur la réputation qu'il avait ?

À SAVOIR

L'INCIPIT

[ɛ̃sipit] (masculin, du latin *incipire*).

Ce substantif désigne le début d'une œuvre littéraire. Il peut s'agir des premières lignes ou des premiers paragraphes, car il varie en fonction de la longueur totale de l'œuvre elle-même. L'*incipit* d'un roman est souvent plus long que celui d'une nouvelle ou d'un conte. Au théâtre, on parle de « scène d'exposition » pour la première scène.

L'incipit a une fonction essentielle pour le lecteur car il lui permet de **comprendre** immédiatement quel sera le **point de vue essentiel du texte** : un narrateur inconnu, un point de vue interne, un point de vue interne et un narrateur fictif à la 1re personne, un narrateur qui n'est autre que l'écrivain... mais aussi de relever les éléments essentiels qui permettront au lecteur de comprendre **l'intrigue** : les personnages, les lieux, l'époque...

L'incipit permet enfin de cibler les choix stylistiques de l'auteur. On comprend par la rhétorique utilisée et le ton employé, dans quelle direction il souhaite nous emmener : l'incipit d'un roman tel que *L'Étranger* de Camus : « Aujourd'hui, maman est morte. Ou peut-être hier, je ne sais pas. (...) » ne plongera pas le lecteur dans le même univers que l'incipit de *Jacques le Fataliste* de Diderot « Comment s'étaient-ils rencontrés ? Par hasard, comme tout le monde. Comment s'appelaient-ils ? Que vous importe »).

Ce passage est en général très soigné par les écrivains car c'est à ce moment-là surtout que le lecteur accepte de se laisser accrocher ou non.

Dans cette nouvelle, la première phrase, qui fait écho au titre en semblant lui donner une réponse (« Lire des romans, moi ? Jamais ! ») permet de repérer l'essentiel : le ton sera humoristique, le sujet léger et le narrateur à la 3e personne. Les dix premières lignes nous présentent ensuite le personnage central et sa personnalité, installant ainsi le lecteur dans l'histoire.

Lire

1 Page 78 : relevez une ellipse. Expliquez-la. Quel est son intérêt ?

2 Page 80 : relevez tous les éléments qui nous montrent que le point de vue interne est utilisé. Soyez claire et précise. Qu'est-ce que l'utilisation de ce point de vue apporte à la lecture de ce passage ?

3 Page 80 : relevez un passage qui montre qu'il n'est pas encore prêt à changer ouvertement d'avis sur les romans.

4 Lignes 542-545 : l'auteur s'amuse en jouant sur la polysémie du mot « gorges » ; expliquez pourquoi.

5 Pages 80-81, lignes 549-558 : quelle est la particularité des paragraphes dans ce passage ?

6 Lignes 579-581 : montrez comment la rapidité de l'action est rendue dans ce passage.

7 Ligne 592 : pourquoi dit-il « Ce doit être ce livre ! » ? Que veut-il dire par-là ? Développez votre opinion clairement.

8 Ligne 596 : donnez la valeur du verbe à l'imparfait de l'indicatif (appuyez-vous sur le *À savoir*, page 123).

9 Ligne 600 : quelle est la fonction dans cette phrase de « pour obstruer l'espace » ?

10 Page 88, lignes 602-605 : que pouvez-vous dire de la construction de ce paragraphe ?

11 Ligne 623 : quelle est la fonction des « : » que l'on trouve au milieu de la ligne ?

12 Que veut dire Maurice, ligne 637, lorsqu'il se reprend et dit : « elle aurait dû me le dire » ? Pourquoi ce changement de verbe ?

Écrire

13 Page 82, ligne 593 : on lit qu'il remonte dans sa chambre « en marmonnant ». Imaginez ce qu'il se dit alors qu'il retourne se coucher. Surveillez le ton de votre personnage.

14 Page 81, lignes 574-578 : récrivez ce passage en remplaçant le premier pronom personnel sujet par un pluriel de la même personne. Vous ferez toutes les transformations nécessaires.

15 Maurice se fait une fiche de synthèse du personnage d'Eva Simplon. En relevant le plus d'informations possibles rédigez cette fiche.

Chercher

16 Lignes 521-522 : on lit « son sarcasme fondait dans sa lecture comme le sucre dans l'eau ». Quelle autre comparaison populaire pourriez-vous trouver ?

17 Cherchez sur une carte où se trouvent les gorges de l'Ardèche.

18 Cherchez ce qu'est une Chevrolet ; relevez quelques renseignements pour la présenter.

À SAVOIR

LE POINT DE VUE ET LE NARRATEUR

Le narrateur est celui qui raconte l'histoire. Le plus souvent, c'est une entité inconnue, immatérielle qui fait le lien entre l'auteur et le lecteur. Parfois, il est identifiable : il utilise alors « JE ». C'est le cas dans une fiction à la 1re personne, le narrateur est alors le personnage principal ; ou bien dans une autobiographie, l'auteur, le narrateur et le personnage principal sont dans ce cas la même personne. Le point de vue est alors *interne*.

Le terme *point de vue* est équivalent à celui de *focalisation*. On peut les utiliser indifféremment toutefois, là où on parlera de « point de vue *omniscient* », on dira « focalisation *zéro* ».

Ce point de vue est caractéristique d'un narrateur qui connaît tout (omniscient) de son histoire et de ses personnages. Le narrateur omniscient est capable de tout comprendre, de tout analyser, raconter, annoncer et nuancer. C'est le point de vue le plus utilisé car il offre une grande liberté à l'auteur.

Le point de vue *interne*, lui, referme un peu le champ des possibilités. Le narrateur présente alors la scène et l'histoire par les yeux d'un personnage et ses pensées. On sait ce qu'il pense et ce qu'il voit, toutefois on n'a pas le point de vue des autres. Ce procédé a l'intérêt de plonger le lecteur dans l'histoire en l'aidant à s'identifier plus particulièrement à un personnage.

Ce point de vue est très présent dans cette nouvelle car tout est vu par les yeux de Maurice. Dans ce passage, le lecteur vit au rythme du héros.

Enfin, le point de vue *externe* se veut parfaitement objectif et informatif. C'est un procédé facilement utilisé pour tenir le lecteur en haleine. Le nouveau roman a beaucoup utilisé ce point de vue, qui s'avère parfois étonnant pour le lecteur qui a toujours le sentiment d'observer, un peu tel un voyeur, les personnages.

Lire

1 Relevez, dans le texte, deux verbes à l'imparfait et deux verbes au passé simple et expliquez la valeur de leur emploi dans la phrase.

2 En vous appuyant sur le *À savoir* de page 121, dites à quel point de vue on a affaire dans le début de ce passage (pages 104-105) ; qu'apporte un tel choix à l'ambiance ?

3 Il n'y a aucun repère de temps sur les lignes 1133 à 1136. Pourtant plusieurs actions s'enchaînent. Quel effet cela a-t-il sur le lecteur ?

4 Les lignes 1138-1140 ont un ton un peu narquois. On sent que l'auteur s'amuse. Pourquoi ? Relevez une expression qui prend un sens très particulier quand on a lu la nouvelle dans son intégralité.

5 Pages 105-106 : montrez comment l'auteur nous amène progressivement vers l'éclaircissement, en ne dévoilant que petit à petit les éléments importants.

6 Le récit de Sylvie (lignes 1161-1184) montre que toute cette affaire s'appuie sur des quiproquos importants. Relevez-les et expliquez-les.

7 Comment, en tant que lecteur, interprétez-vous la dernière phrase de cette nouvelle ? Attention ! il n'y a pas de bonne ou mauvaise réponse : toute opinion est valable si elle est justifiée et argumentée.

Écrire

8 On lit lignes 1142-1143, « des dizaines de badauds avaient trouvé le moyen d'apprendre l'incident et d'accourir ». Imaginez la conversation de ces badauds, réunis autour de la maison. Vous diversifierez les niveaux de langue, le ton et l'intérêt des remarques. Vous veillerez aussi à respecter les codes du discours (direct essentiellement).

9 Emprisonnée, en attendant son procès, Sylvie décide d'écrire une longue lettre à ses amies pour revenir sur les événements tragiques qu'elle a connus. Vous écrirez cette lettre en surveillant son langage et surtout en restant fidèle au texte et à la personnalité de Sylvie telle que vous la connaissez désormais.

Chercher

10 Comme pour *La Chambre des noirs secrets*, un roman policier très célèbre comporte le mot *chambre* dans son titre. Retrouvez cet ouvrage et le nom de son auteur. Ce livre a d'ailleurs été l'objet d'une adaptation cinématographique au début des années 2000. Trouvez les références de cette adaptation et son réalisateur.

11 L'adjectif *noir* du titre du roman de Chris Black nous invite à imaginer quelque chose de sinistre, de mauvais, la nuit étant en général considérée comme le moment où les forces du mal se déchaînent. Trouvez d'autres adjectifs de couleur auxquels on accorde habituellement une signification.

À SAVOIR

LE TEMPS DU RÉCIT

Les **temps du récit** au passé sont, en général, le passé simple et l'imparfait.

• Le passé simple présente trois valeurs :
– action **unique** et **ponctuelle** qui ne sera pas amenée à se reproduire ;
– action qui **succède à une autre action**, qu'elle interrompt éventuellement ;
– action d'une **durée délimitée**, ce que l'on appelle aussi « l'action de premier plan ».

Ligne 1122, les passés simples indiquent la succession de ces deux actions. Elles s'enchaînent chronologiquement.

Ligne 1130, les deux passés simples désignent des actions d'une durée délimitée, des actions de premier plan.

Alors qu'il est aujourd'hui encore utilisé à l'écrit dans les textes narratifs, il n'est plus utilisé à l'oral, où il est remplacé par le passé composé. Le récit que fait Sylvie des événements (ligne 1161-1184) en est un bon exemple. Elle reprend ces mêmes événements en utilisant le passé composé : « il s'est jeté sur moi » ; « J'ai senti une horrible douleur », « j'ai vu une lame »...

• L'imparfait présente quatre valeurs :
– il est utilisé dans une **description au passé** ;
– il **suit la conjonction de condition** « si » en remplaçant le conditionnel dont il prend alors la valeur ;
– il indique une **habitude**, une action qui se répète dans le passé ; c'est sa valeur itérative ;
– il est utilisé enfin pour une **action de second plan**, dont la durée n'est pas délimitée.

Cette dernière valeur est la plus souvent utilisée : « la poignée de sa porte tournait millimètre après millimètre » (lignes 1124-1126)

Lire

1 Établissez, pour cette nouvelle, la grille des éléments policiers telle qu'elle est donnée dans le *A savoir* de la page 117.

2 Page 63 : expliquez les lignes 154 à 156.

3 Page 64, ligne 177 : finissez la phrase : « le téléphone et moi… » en conservant le sens sous-entendu.

4 Pages 64-65 : quelles informations importantes nous sont données sur M. Plisson à propos de sa santé ? Comment pourriez-vous le qualifier sur ce point ?

5 Page 70, ligne 313 ; quel rapport logique existe entre les deux premières propositions. Quel est le type de ces propositions ?

6 Page 75 : relevez une antiphrase et expliquez-la.

7 Page 86 : expliquez pourquoi Maurice se croit parfait.

8 Recherchez, dans les pages qui suivent, des éléments qui s'éclaircissent à la fin : pages 67-68, 83, 85, 88 et 90.

9 Page 95 : montrez que Maurice ne réussit plus à prendre ses distances avec le livre mais est totalement happé par lui.

Écrire

10 Page 76 : on lit la 4e de couverture du roman de Chris Black. Rédigez ce que serait la 4e couverture de cette nouvelle du recueil.

11 Page 85, ligne 660 : on lit « son visage devint cramoisi ». L'association du corps et des couleurs est fréquente : être rouge de honte, vert de peur, bleu de froid… Pour la colère, l'émotion…, on trouve également des associations de ce type. Écrivez un petit texte court (une dizaine de lignes) dans lequel vous décrirez un personnage de votre choix dans une situation telle que vous pourrez employer au moins quatre de ces images.

12 Page 95, lignes 790 à 797 : transformez le passage en discours indirect. Faites toutes les modifications nécessaires.

Chercher

13 Page 68, ligne 273 : il est fait référence à Gargantua. Faites des recherches sur ce personnage.

14 Page 72, ligne 360 : il est fait référence à Sainte Blandine ? Qui était cette sainte ? À quel supplice a-t-elle été livrée ?

15 Page 73, ligne 383 : il est fait référence à Jules Michelet. Qui était cet auteur ? Cherchez des informations biographiques et bibliographiques le concernant.

À SAVOIR

HUMOUR ET IRONIE

La différence entre ces deux notions tient au fait que **l'ironie** est un procédé rhétorique et s'appuie sur des figures de style, alors que l'humour tient plus à une atmosphère que l'on crée à l'oral ou à l'écrit. Dans les deux cas néanmoins, il s'agit de faire rire. La nature du rire recherché est naturellement différente selon les causes mêmes de la démarche : raillerie, moquerie, dénonciation...

Le procédé de l'ironie s'appuie sur trois éléments clés : l'**énonciateur** qui est la source de l'ironie, la **cible** visée, et un **public** plus ou moins nombreux qui doit connaître les références de base sur lesquelles l'énonciateur s'appuie. Dans le cas contraire, le procédé échoue. Il consiste en général pour l'énonciateur à dire le contraire de ce qu'il pense, tout en faisant en sorte que le public comprenne ce qu'il pense vraiment. Ce procédé était très utilisé par Voltaire pour dénoncer les abus (religieux et politiques surtout).

Relevons, parmi les procédés de l'ironie, l'**antiphrase** qui consiste à dire exactement le contraire de ce que l'on pense. C'est ce que l'on fait en disant : « Belle journée ! » alors qu'il pleut. L'**hyperbole** est, quant à elle, un procédé d'exagération : la série d'interrogations que Maurice lance à Sylvie pour qu'elle ferme les volets en est un bon exemple, page 92, lignes 833-837 ou bien la comparaison qui est faite page 71, ligne 328, « à l'instar d'un martyr » qui désigne Maurice comme un homme subissant une torture physique parce qu'il voit des romans.

Le mécanisme de l'humour ne repose pas sur les trois éléments précédents car il n'y a pas toujours de cible visée. Comme pour l'ironie, le ton utilisé est en général très sérieux et c'est au public de saisir le sens caché. Page 79, lorsqu'il se met à aimer le personnage du roman, le lecteur ne peut par exemple, s'empêcher de sourire, puisqu'il met ce nouvel intérêt en parallèle avec son mépris des romans et tout ce qu'il a dit sur le roman pour le critiquer pages 73 à 75.

HISTOIRES COURTES

Ce groupement propose quelques textes très courts, en majorité des nouvelles. Ils sont tous présentés ici dans leur version intégrale. Les auteurs sont très divers, de Maupassant à Hemingway. À chaque fois, il est intéressant de voir comment chaque auteur s'amuse à développer l'idée choisie.

Ernest Hemingway (1898-1961)

« Une très courte histoire », dans *Paradis perdu*, 1949, traduction de Marcel Duhamel © Éditions Gallimard.

Dans le texte qui suit, Hemingway raconte en quelques lignes les moments de bonheur puis la séparation d'un couple : lui que l'on devine soldat soigné dans un hôpital et elle qui travaille de nuit dans le même hôpital. En quelques lignes, Hemingway montre à quel point la vie est faite de hasards et d'aléas. En outre, il montre à quel point la vie est vide de sens : plusieurs années peuvent se résumer en quelques lignes et dire, à quelques mots d'intervalle, une chose et son contraire.

Par une soirée brûlante, à Padoue, on le transporta sur le toit d'où il pouvait découvrir toute la ville. Des martinets rayaient le ciel. La nuit tomba et les projecteurs s'allumèrent. Les autres descendirent et emportèrent les bouteilles. Luz et lui les entendaient en dessous, sur le balcon. Luz s'assit sur le lit. Elle était fraîche et douce dans la nuit chaude.

Luz avait pris le service de nuit depuis trois mois à la satisfaction générale. Quand on l'opéra, elle lui fit sa toilette pour la table d'opération. Ils plaisantèrent à propos de mystère et de clystère. Quand on l'endormit, il se concentra pour ne rien dire au moment ridicule où on raconte des histoires. Quand il put marcher avec des béquilles, il prit les températures pour éviter à Luz de se lever. Il n'y avait que quelques malades ; tous étaient au courant et tous aimaient bien Luz. Quand il revenait, en longeant les couloirs, il pensait à Luz dans son lit.

Avant son retour au front, ils allèrent prier au Duomo. Dans l'église sombre et paisible, d'autres personnes étaient agenouillées. Ils voulaient se marier, mais il n'y avait pas assez de temps pour la publication des bans, et ni l'un ni l'autre n'avaient d'extrait de naissance. Ils se considéraient eux-mêmes comme mariés, mais ils voulaient que tout le monde le sache, pour être plus sûrs de ne pas se perdre.

Luz lui écrivit beaucoup de lettres qu'il ne reçut qu'après l'armistice. Quinze arrivèrent en paquet au front ; il les classa d'après les dates et les lut à la file. Elles parlaient toutes de l'hôpital, disaient combien elle l'aimait, comme c'était impossible de vivre sans lui et comme il lui manquait affreusement la nuit.

Après l'armistice, ils décidèrent qu'il devait rentrer en Amérique et trouver du travail pour qu'ils puissent se marier. Luz ne le rejoindrait que lorsqu'il aurait une bonne situation et pourrait venir la chercher à New York. Il était entendu qu'il ne boirait pas et ne verrait ni ses amis ni personne aux États-Unis. Trouver une situation et se marier. Rien d'autre. Dans le train, de Padoue à Milan, ils se chamaillèrent parce qu'elle refusait de partir pour l'Amérique sans attendre. Au moment de se séparer à la gare de Milan, ils s'embrassèrent mais leur querelle n'était pas éteinte. Il était malade de la quitter comme ça.

Il embarqua pour l'Amérique à Gênes. Luz retourna à Padoue où allait s'ouvrir un hôpital. C'était un endroit isolé et pluvieux. Un bataillon s'y trouvait cantonné. L'hiver, dans la petite ville bourbeuse et humide, le major fit la cour à Luz ; elle n'avait encore jamais connu d'Italiens. Finalement, elle écrivit aux États-Unis que leur liaison n'avait été qu'une aventure de gamins. Elle était désolée, elle savait qu'il ne comprendrait probablement pas, mais peut-être un jour lui pardonnerait-il et lui serait-il reconnaissant… Contre toute attente, elle allait se marier au printemps. Elle l'aimait toujours, mais elle s'était rendu compte que ça n'avait été qu'une amourette. Elle espérait qu'il ferait une brillante carrière et lui faisait entière confiance. Elle savait que c'était très bien ainsi.

Le major ne l'épousa ni au printemps ni à aucune autre saison. Luz ne reçut jamais de réponse de Chicago. Peu de temps après, il attrapa la chaude-pisse avec une vendeuse du rayon de mercerie d'un grand magasin en traversant Lincoln Park en taxi.

Dino Buzzati (1906-1972)

« Les Journées perdues », dans *Les nuits difficiles* traduit de l'italien par Michel Sagen, © Éditions Robert Laffont, 1972.

Buzzati a multiplié les « casquettes » durant sa vie : journaliste, romancier et nouvelliste, il a laissé un grand nombre de nouvelles très étudiées. Il a souvent montré à quel point la vie semble très banale et insignifiante mais que cette apparence ne doit pas nous tromper. Ainsi, dans la nouvelle que l'on peut lire dans le recueil *Nouvelles à chute*[1], il nous présente Hitler, enfant, dans un parc en nous faisant comprendre que les choses les plus anodines peuvent parfois dissimuler des vérités effrayantes. Dans le texte qui suit, un homme regarde dans des

1. « Pauvre Petit Garçon », dans *Nouvelles à chute*, « Classiques et Contemporains » n° 59.

caisses tout ce qui était important dans sa vie et qu'il a laissé passer. Ce texte peut être rapproché du *Chant de Noël* de Charles Dickens.

Quelques jours après avoir pris possession de sa somptueuse villa, Ernst Kazirra, rentrant chez lui, aperçut de loin un homme qui sortait, une caisse sur le dos, d'une porte secondaire du mur d'enceinte et chargeait la caisse sur un camion.

Il n'eut pas le temps de le rattraper avant son départ. Alors, il le suivit en auto. Et le camion roula longtemps, jusqu'à l'extrême périphérie de la ville, et s'arrêta au bord d'un vallon.

Kazirra descendit de voiture et alla voir. L'inconnu déchargea la caisse et, après quelques pas, la lança dans le ravin, qui était plein de milliers et de milliers d'autres caisses identiques.

Il s'approcha de l'homme et lui demanda :

« Je t'ai vu sortir cette caisse de mon parc. Qu'est-ce qu'il y avait dedans ? Et que sont toutes ces caisses ? »

L'autre le regarda et sourit :

« J'en ai encore d'autres sur le camion, à jeter. Tu ne sais pas ? Ce sont les journées.

– Quelles journées ?

– Tes journées.

– Mes journées ?

– Tes journées perdues. Les journées que tu as perdues. Tu attendais, n'est-ce pas ? Elles sont venues. Qu'en as-tu fait ? Regarde-les, intactes, encore pleines. Et maintenant… »

Kazirra regarda. Elles formaient un tas énorme. Il descendit la pente et en ouvrit une.

À l'intérieur, il y avait une route d'automne, et au fond Graziella, sa fiancée, qui s'en allait pour toujours. Et il ne la rappelait même pas.

Il en ouvrit une autre. C'était une chambre d'hôpital, et sur le lit son frère Josué, malade, qui l'attendait. Mais lui était en voyage d'affaires.

Il en ouvrit une troisième. À la grille de la vieille maison misérable se tenait Duk, son mâtin fidèle qui l'attendait depuis deux ans, réduit à la peau et aux os. Et il ne songeait pas à revenir.

Il se sentit prendre par quelque chose qui le serrait à l'entrée de l'estomac. Le manutentionnaire était debout au bord du vallon, immobile comme un justicier.

« Monsieur ! cria Kazirra. Écoutez-moi. Laissez-moi emporter au moins ces trois journées. Je vous en supplie. Au moins ces trois. Je suis riche. Je vous donnerai tout ce que vous voulez. »

Le manutentionnaire eut un geste de la main droite, comme pour indiquer un point inaccessible, comme pour dire qu'il était trop tard et qu'il n'y avait plus rien à faire. Puis il s'évanouit dans l'air, et au même instant disparut aussi le gigantesque amas de caisses mystérieuses. Et l'ombre de la nuit descendait.

Jean de La Fontaine (1621-1695)

« La Besace », dans *Les Fables*, Livre I, fable 7.

Les Fables de La Fontaine ne sont pas des nouvelles ; toutefois, il est intéressant de voir comment elles peuvent également être classées dans les histoires courtes car elles racontent elles aussi, bien souvent, des anecdotes. Les fables ont en général un but très évident : faire réfléchir, dénoncer des abus, des faiblesses, des comportements… Dans celle qui suit, il raconte, en faisant parler un grand nombre de personnages comment l'homme est en général beaucoup plus critique et sévère à l'égard des autres que vis-à-vis de lui-même.

La Besace

Jupiter dit un jour : « Que tout ce qui respire
S'en vienne comparaître aux pieds de ma grandeur.
Si dans son composé quelqu'un trouve à redire,
Il peut le déclarer sans peur :
Je mettrai remède à la chose.
Venez, Singe ; parlez le premier, et pour cause.
Voyez ces animaux, faites comparaison
De leurs beautés avec les vôtres :
Êtes-vous satisfait ? Moi ? dit-il. Pourquoi non ?
N'ai-je pas quatre pieds aussi bien que les autres ?
Mon portrait jusqu'ici ne m'a rien reproché ;
Mais pour mon frère l'Ours, on ne l'a qu'ébauché :
Jamais, s'il me veut croire, il ne se fera peindre. »
L'Ours venant là-dessus, on crut qu'il s'allait plaindre.
Tant s'en faut : de sa forme il se loua très fort ;
Glosa[1] sur l'Éléphant, dit qu'on pourrait encor
Ajouter à sa queue, ôter à ses oreilles ;
Que c'était une masse informe et sans beauté.
L'Éléphant étant écouté,
Tout sage qu'il était, dit des choses pareilles.
Il jugea qu'à son appétit[2]
Dame Baleine était trop grosse.
Dame Fourmi trouva le Ciron[3] trop petit,
Se croyant, pour elle, un colosse.
Jupin[4] les renvoya s'étant censurés tous,

1. Expliqua
2. Selon lui
3. Insecte minuscule
4. Jupiter

Du reste, contents d'eux ; mais parmi les plus fous
Notre espèce excella ; car tout ce que nous sommes,
Lynx[1] envers nos pareils, et taupes[2] envers nous,
Nous nous pardonnons tout, et rien aux autres hommes.
On se voit d'un autre œil qu'on ne voit son prochain.
Le Fabricateur souverain
Nous créa Besaciers[3] tous de même manière,
Tant ceux du temps passé que du temps d'aujourd'hui ;
Il fit pour nos défauts la poche de derrière.
Et celle de devant pour les défauts d'autrui.

Jacob et Wilhelm Grimm, appelés « les frères Grimm » (1785-1863 et 1786-1859)

« Les Petits Nœuds », dans Contes (1812), Éditions de la Fontaine du Roy, Paris, 1994.

Les frères Grimm sont très célèbres pour leurs contes populaires. Tout le monde, en Europe et ailleurs, connaît l'histoire de Blanche-Neige par exemple. Le conte qui suit, même s'il est très court, répond aux impératifs du genre et on peut en relever tous les éléments caractéristiques. Comme le texte précédent, ce n'est pas une nouvelle, mais on constate que ce texte narratif mérite malgré tout la lecture tant il est un modèle de concision.

1. Ici, regardant les moindres détails des autres
2. Ici, aveugles quant à nos défauts
3. Portant une besace

Histoires courtes

Il était une fois une demoiselle fort jolie, mais assez paresseuse et plutôt négligente. Lorsqu'elle filait, par exemple, elle était si impatiente, que, pour un petit nœud dans sa filasse, elle en tirait une pleine poignée et la jetait à terre. La servante de cette demoiselle, par contre, était une fille active et courageuse qui ramassait soigneusement cette filasse, la dénouait patiemment et la filait menu pour son compte, si bien qu'elle put, à la fin, se faire tisser une bien jolie robe. La jolie paresseuse avait un fiancé, et les noces allaient êtres célébrées ; au grand bal donné la veille au soir, la jeune servante active dormait joyeusement dans sa jolie robe, et sa maîtresse, la fiancée, dit à voix haute en les voyant :

Avec ce que j'ai jeté comme nœuds,
Tu peux danser autant que tu le veux !

En entendant ces drôles de paroles, le fiancé lui demanda ce qu'elle voulait dire, et elle lui raconta comment la fille s'était fait une robe uniquement en filant ce qu'elle-même avait rejeté comme impropre dans sa filasse. Cela fit réfléchir le jeune homme, qui compara la paresse de l'une et l'application de l'autre, la négligence de la demoiselle et le soin attentif de la fille pauvre. Plantant là sa fiancée, il choisit l'autre et la prit comme femme.

Pour la collection « Classiques & Contemporains », Éric-Emmanuel Schmitt a accepté de répondre aux questions de Laurence Sudret, professeur de lettres et auteur du présent appareil pédagogique.

Laurence Sudret : Dans vos nouvelles, vous semblez aimer brouiller les pistes sans laisser à vos lecteurs la possibilité de s'installer dans la certitude. « Crime parfait » raconte l'assassinat d'un mari par sa femme, mais l'enquête menée à ce propos n'est pas essentielle : paradoxalement, c'est l'enquête que la meurtrière conduit elle-même qui nous préoccupe. De la même façon, « Les Mauvaises Lectures » évoque un mystère qui plonge le héros dans un tel état d'angoisse qu'il est amené à ignorer la réalité très prosaïque qu'il a sous les yeux. Un peu comme Simenon, vous n'emmenez jamais le lecteur là où il croit aller *a priori* ; est-ce une volonté délibérée de votre part ?
Éric-Emmanuel Schmitt : J'aime surprendre les lecteurs autant que les lecteurs aiment être surpris. Or, pour les étonner, il faut d'abord les intéresser, puis leur donner quelque chose à attendre. Ce chemin, je dois à la fois le tracer – sans lui, le lecteur n'aurait pas envie de poursuivre - et le quitter - sans un écart, il n'y aurait pas moyen d'étonner. S'installe donc un jeu de pistes entre les lecteurs et moi.
D'ailleurs ce jeu, après plusieurs nouvelles, finit par devenir un mode d'emploi. Ce que les lecteurs espèrent, c'est non pas avoir raison, mais se faire toujours surprendre.

Pourquoi est-il si important de surprendre ? La surprise crée l'émotion, l'émotion suscite la réflexion. À la fin de chaque nouvelle, on peut se repasser tous ses épisodes dans le cerveau à la lumière de ce que nous ont appris les dernières lignes. En réalité, la chute finale engendre une relecture.

L. S. : Ces deux nouvelles se rapprochent du genre policier. Êtes-vous, vous-même, amateur de ce type de textes ? Si oui, de quel(s) auteur(s) en particulier ? Et que recherchez-vous le plus dans ces lectures : le suspense, la peinture de personnages souvent étonnants… ?
É.-E. S. : Pour moi, le roman policier est le roman de l'intelligence. Il sollicite la sagacité du lecteur, lui demande de soupçonner, de raisonner, de deviner, de démêler bons et mauvais indices. J'en parcours souvent pour me distraire. Cependant, je quitte vite ce genre de lecture car je ne suis jamais complètement satisfait. Si l'ultime chapitre me donne la clé de l'énigme, il clôt l'histoire aussi. Dans mes livres, je préfère que la fin soit ouverte, pousse à réfléchir, voire à relire. Mes fins ne sont pas des fins mais des nouveaux débuts.

L. S. : Dans les deux nouvelles, les personnages évoluent dans le non-dit, l'absence de communication qui entraîne leur malheur : Gabrielle se trompe sur son époux et Gabriel ne comprend apparemment pas le changement de comportement de son épouse ; Maurice passe à côté des quelques changements de sa cousine… Vos personnages sont-ils, sur ce point, à

l'image de l'homme en général, et est-ce un moyen pour vous de dénoncer ce travers ?
É.-E. S. : Ce travers appartient à la nature humaine. Chacun voit ce qu'il a déjà vu – par paresse – ou ce qu'il souhaite voir – par facilité. Nous restons enfermés dans notre subjectivité comme dans une prison : le seul moyen d'ouvrir la porte de la cellule, c'est de parler. L'imagination de Gabriel, Gabrielle et Maurice finit par devenir néfaste car jamais l'un d'eux n'a vérifié par un échange de mots la pertinence de ce qu'il pensait. Faute de communication, la violence arrive. Par violence, j'entends tout autant le meurtre que la négation des autres.

L. S. : Vos textes semblent toujours lancer au lecteur une invitation à lutter contre l'adversité : la maladie, la mort d'un proche, les faiblesses des autres, et même l'agression plus ou moins prononcée du temps qui passe. Comment l'expliquez-vous ?
É.-E. S. : Sans ignorer le tragique de nos vies, je cherche en l'homme ce qu'il y a de beau, de grand, d'intelligent. Puisque les malheurs sont évidents, inéluctables, inventons une stratégie pour les supprimer ou les compenser. Jamais, je ne baisse les bras et me résout à l'inaction. Cela s'appelle l'optimisme : l'énergie alliée au courage.

L. S. : Dans un entretien publié dans le magazine *Lire*, vous confiez, à propos de la deuxième nouvelle de ce recueil : « Mon personnage est l'exemple type du lecteur positiviste, très intelligent mais incapable de lire un roman ou une pièce parce que lire un roman ou du théâtre exige plus que de l'intelligence : de l'imagination. Cette nouvelle montre que lorsque l'on se coupe de la vie imaginaire, de l'imagination, on s'expose à de graves dangers… ». Pensez-vous que l'imagination puisse se travailler et s'enseigner ? Notre société lui laisse-t-elle, selon vous, assez de place ?

É.-E. S. : Rien de plus méprisé dans notre civilisation que l'imagination. Quand on en parle, on la désigne comme « la folle du logis », une puissance irrationnelle, une génératrice de nébulosités. Or c'est faux. Seule l'imagination est capable de fournir l'hypothèse – en science ou ailleurs –, seule l'imagination nous permet, le temps d'une histoire, de vivre dans une autre peau, un autre temps, un autre lieu. Je crois vraiment qu'il existe une « connaissance par l'imagination », celle qu'exerce l'écrivain et son lecteur. L'imagination a aussi des vertus morales : elle est le seul chemin qui permet de passer de soi à l'autre.

BIBLIOGRAPHIE

• Romans

La Secte des Égoïstes, 1994.
L'Évangile selon Pilate, 2000.
La Part de l'autre, 2001.
Lorsque j'étais une œuvre d'art, 2002.
Ulysse from Bagdad, 2008.

• Récits et nouvelles

Milarepa, 1997.
M. Ibrahim et les Fleurs du Coran, 2001.
Oscar et la Dame rose, 2002.
L'Enfant de Noé, 2004.
« Odette Toulemonde » et autres histoires, 2006.
La Rêveuse d'Ostende, 2007.
Concerto à la mémoire d'un ange, 2010.

• Théâtre

La Nuit de Valogne, 1991.
Le Visiteur, 1993.
Le Libertin, 1997.
Petits Crimes conjugaux, 2003.
Variations énigmatiques, 2006.
La tectonique des sentiments, 2009.
Kiki von Beethoven, 2010.

CINÉMA

M. Ibrahim et les Fleurs du Coran, 2003 (coscénariste).
Odette Toulemonde, d'É.-E. Schmitt, 2007.
Oscar et la Dame rose, d'É.-E. Schmitt, 2009.

INTERNET

Sur Éric-Emmanuel Schmitt

http ://www.eric-emmanuel-schmitt.com
http ://fr.wikipedia.org/wiki/éric-emmanuel_schmitt
http ://www.evene.fr/celebre/biographie/eric-emmanuel-schmitt-798.php
http ://pagesperso-orange.fr/mondalire/schmitt.htm

Classiques & Contemporains

SÉRIES COLLÈGE ET LYCÉE

1 **Mary Higgins Clark,** *La Nuit du renard*
2 **Victor Hugo,** *Claude Gueux*
3 **Stephen King,** *La Cadillac de Dolan*
4 **Pierre Loti,** *Le Roman d'un enfant*
5 **Christian Jacq,** *La Fiancée du Nil*
6 **Jules Renard,** *Poil de Carotte* (comédie en un acte), suivi de *La Bigote* (comédie en deux actes)
7 **Nicole Ciravégna,** *Les Tambours de la nuit*
8 **Sir Arthur Conan Doyle,** *Le Monde perdu*
9 **Poe, Gautier, Maupassant, Gogol,** *Nouvelles fantastiques*
10 **Philippe Delerm,** *L'Envol*
11 *La Farce de Maître Pierre Pathelin*
12 **Bruce Lowery,** *La Cicatrice*
13 **Alphonse Daudet,** *Contes choisis*
14 **Didier van Cauwelaert,** *Cheyenne*
15 **Honoré de Balzac,** *Sarrazine*
16 **Amélie Nothomb,** *Le Sabotage amoureux*
17 **Alfred Jarry,** *Ubu roi*
18 **Claude Klotz,** *Killer Kid*
19 **Molière,** *George Dandin*
20 **Didier Daeninckx,** *Cannibale*
21 **Prosper Mérimée,** *Tamango*
22 **Roger Vercel,** *Capitaine Conan*
23 **Alexandre Dumas,** *Le Bagnard de l'Opéra*
24 **Albert t'Serstevens,** *Taïa*
25 **Gaston Leroux,** *Le Mystère de la chambre jaune*
26 **Éric Boisset,** *Le Grimoire d'Arkandias*
27 **Robert Louis Stevenson,** *Le Cas étrange du Dr Jekyll et de M. Hyde*
28 **Vercors,** *Le Silence de la mer*
29 **Stendhal,** *Vanina Vanini*
30 **Patrick Cauvin,** *Menteur*
31 **Charles Perrault, Mme d'Aulnoy, etc.,** *Contes merveilleux*
32 **Jacques Lanzmann,** *Le Têtard*
33 **Honoré de Balzac,** *Les Secrets de la princesse de Cadignan*
34 **Fred Vargas,** *L'Homme à l'envers*
35 **Jules Verne,** *Sans dessus dessous*
36 **Léon Werth,** *33 Jours*
37 **Pierre Corneille,** *Le Menteur*

38 **Roy Lewis,** *Pourquoi j'ai mangé mon père*
39 **Charles Baudelaire,** *Les Fleurs du Mal*
40 **Yasmina Reza,** *« Art »*
41 **Émile Zola,** *Thérèse Raquin*
42 **Éric-Emmanuel Schmitt,** *Le Visiteur*
43 **Guy de Maupassant,** *Les deux Horla*
44 **H. G. Wells,** *L'Homme invisible*
45 **Alfred de Musset,** *Lorenzaccio*
46 **René Maran,** *Batouala*
47 **Paul Verlaine,** *Confessions*
48 **Voltaire,** *L'Ingénu*
49 **Sir Arthur Conan Doyle,** *Trois Aventures de Sherlock Holmes*
50 *Le Roman de Renart*
51 **Fred Uhlman,** *La Lettre de Conrad*
52 **Molière,** *Le Malade imaginaire*
53 **Vercors,** *Zoo ou L'Assassin philanthrope*
54 **Denis Diderot,** *Supplément au Voyage de Bougainville*
55 **Raymond Radiguet,** *Le Diable au corps*
56 **Gustave Flaubert,** *Lettres à Louise Colet*
57 **Éric-Emmanuel Schmitt,** *Monsieur Ibrahim et les fleurs du Coran*
58 **George Sand,** *Les Dames vertes*
59 **Anna Gavalda, Dino Buzzati, Julio Cortázar, Claude Bourgeyx, Fred Kassak, Pascal Mérigeau,** *Nouvelles à chute*
60 **Maupassant,** *Les Dimanches d'un bourgeois de Paris*
61 **Éric-Emmanuel Schmitt,** *La Nuit de Valognes*
62 **Molière,** *Dom Juan*
63 **Nina Berberova,** *Le Roseau révolté*
64 **Marivaux,** *La Colonie* suivi de *L'Île des esclaves*
65 **Italo Calvino,** *Le Vicomte pourfendu*
66 *Les Grands Textes fondateurs*
67 *Les Grands Textes du Moyen Âge et du XVIe siècle*
68 **Boris Vian,** *Les Fourmis*
69 *Contes populaires de Palestine*
70 **Albert Cossery,** *Les Hommes oubliés de Dieu*
71 **Kama Kamanda,** *Les Contes du griot*
72 **Bernard Werber,** *Les Fourmis* (Tome 1)
73 **Bernard Werber,** *Les Fourmis* (Tome 2)
74 **Mary Higgins Clark,** *Le Billet gagnant et deux autres nouvelles*
75 *90 poèmes classiques et contemporains*
76 **Fred Vargas,** *Pars vite et reviens tard*
77 **Roald Dahl, Ray Bradbury, Jorge Luis Borges, Fredric Brown,** *Nouvelles à chute 2*
78 **Fred Vargas,** *L'Homme aux cercles bleus*
79 **Éric-Emmanuel Schmitt,** *Oscar et la dame rose*

80 **Zarko Petan,** *Le Procès du loup*
81 **Georges Feydeau,** *Dormez, je le veux !*
82 **Fred Vargas,** *Debout les morts*
83 **Alphonse Allais,** *À se tordre*
84 **Amélie Nothomb,** *Stupeur et Tremblements*
85 *Lais merveilleux des XIIe et XIIIe siècles*
86 *La Presse dans tous ses états – Lire les journaux du XVIIe au XXIe siècle*
87 *Histoires vraies – Le Fait divers dans la presse du XVIe au XXIe siècle*
88 **Nigel Barley,** *L'Anthropologie n'est pas un sport dangereux*
89 **Patricia Highsmith, Edgar A. Poe, Guy de Maupassant, Alphonse Daudet,** *Nouvelles animalières*
90 **Laurent Gaudé,** *Voyages en terres inconnues – Deux récits sidérants*
91 **Stephen King,** *Cette impression qui n'a de nom qu'en français et trois autres nouvelles*
92 **Dostoïevski,** *Carnets du sous-sol*
93 **Corneille,** *Médée*
94 **Max Rouquette,** *Médée*
95 **Boccace, E.A. Poe, P.D. James, T.C. Boyle, etc.,** *Nouvelles du fléau – Petite chronique de l'épidémie à travers les âges*
96 *La Résistance en prose – Des mots pour résister*
97 *La Résistance en poésie – Des poèmes pour résister*
98 **Molière,** *Le Sicilien ou l'Amour peintre*
99 **Honoré de Balzac,** *La Bourse*
100 **Paul Reboux et Charles Muller,** *À la manière de... – Pastiches classiques*
100 bis **Pascal Fioretto,** *Et si c'était niais ? – Pastiches contemporains*
101 *Ceci n'est pas un conte et autres contes excentriques du XVIIIe siècle*
102 **Éric-Emmanuel Schmitt,** *Milarepa*
103 **Victor Hugo,** *Théâtre en liberté*
104 **Laurent Gaudé,** *Salina*
105 **George Sand,** *Marianne*
106 **E.T.A. Hoffmann,** *Mademoiselle de Scudéry*
107 **Charlotte Brontë,** *L'Hôtel Stancliffe*
108 **Didier Daeninckx,** *Histoire et faux-semblants*
109 **Éric-Emmanuel Schmitt,** *L'Enfant de Noé*
110 **Jean Anouilh,** *Pièces roses*
111 **Amélie Nothomb,** *Métaphysique des tubes*
112 **Charles Barbara,** *L'Assassinat du Pont-Rouge*
113 **Maurice Pons,** *Délicieuses frayeurs*
114 **Georges Courteline,** *La Cruche*
115 **Jean-Michel Ribes,** *Trois pièces facétieuses*
116 **Sam Braun (entretien avec Stéphane Guinoiseau),** *Personne ne m'aurait cru, alors je me suis tu*
117 **Jules Renard,** *Huit jours à la campagne*
118 **Ricarda Huch,** *Le Dernier Été*
119 *Les Aventures extraordinaires d'Adèle Blanc-Sec*

120 **Éric Boisset,** *Nicostratos*
121 **Éric-Emmanuel Schmitt,** *Crime parfait et Les Mauvaises Lectures – Deux nouvelles à chute*
122 **Mme de Sévigné, Diderot, Voltaire, George Sand,** *Lettres choisies*
123 **Alexandre Dumas,** *La Dame pâle*
124 **E.T.A. Hoffmann,** *L'Homme au sable*
125 *La Dernière Lettre – Paroles de Résistants fusillés en France (1941–1944)*
126 **Olivier Adam,** *Je vais bien, ne t'en fais pas*
127 **Jean Anouilh,** *L'Hurluberlu – Pièce grinçante*
128 **Yasmina Reza,** *Le Dieu du carnage*

SÉRIE BANDE DESSINÉE (en coédition avec Casterman)

1 **Tardi,** *Adèle Blanc-sec – Adèle et la Bête*
2 **Hugo Pratt,** *Corto Maltese – Fable de Venise*
3 **Hugo Pratt,** *Corto Maltese – La Jeunesse de Corto*
4 **Jacques Ferrandez,** *Carnets d'Orient – Le Cimetière des Princesses*
5 **Tardi,** *Adieu Brindavoine* suivi de *La Fleur au fusil*
6 **Comès,** *Dix de der*
7 **Enki Bilal et Pierre Christin,** *Les Phalanges de l'Ordre noir*
8 **Tito,** *Tendre banlieue – Appel au calme*
9 **Franquin,** *Idées noires*
10 **Jean-Michel Beuriot et Philippe Richelle,** *Amours fragiles – Le Dernier Printemps*
11 **Ryuichiro Utsumi et Jirô Taniguchi,** *L'Orme du Caucase*
12 **Jacques Ferrandez et Tonino Benacquista,** *L'Outremangeur*
13 **Tardi,** *Adèle Blanc-sec – Le Démon de la Tour Eiffel*
14 **Vincent Wagner et Roger Seiter,** *Mysteries – Seule contre la loi*
15 **Tardi et Didier Daeninckx,** *Le Der des ders*
16 **Hugo Pratt,** *Saint-Exupéry – Le Dernier Vol*
17 **Robert Louis Stevenson, Hugo Pratt et Mino Milani,** *L'Île au trésor*
18 **Patrick Manchette et Tardi,** *Griffu*
19 **Marcel Pagnol et Jacques Ferrandez,** *L'Eau des collines – Jean de Florette*
20 **Jacques Martin,** *Alix – L'Enfant grec*
21 **Comès,** *Silence*
22 **Tito,** *Soledad – La Mémoire blessée*

SÉRIE ANGLAIS

Allan Ahlberg, *My Brother's Ghost*
Saki, *Selected Short Stories*
Edgar Allan Poe, *The Black Cat,* suivi de *The Oblong Box*
Isaac Asimov, *Science Fiction Stories*
Sir Arthur Conan Doyle, *The Speckled Band*
Truman Capote, *American Short Stories*

Couverture
Conception graphique : Marie-Astrid Bailly-Maître
Photographie : Les amants, huile sur toile de René Magritte (1928), © AKG Images

Intérieur
Conception graphique : Marie-Astrid Bailly-Maître
Édition : Béatrix Lot
Réalisation : Nord Compo, Villeneuve-d'Ascq

www.magnard.fr
www.classiquesetcontemporains.com

Achevé d'imprimer en décembre 2014
par «La Tipografica Varese Srl»
N° éditeur : 2015-0564
Dépôt légal : mai 2011

Certifié PEFC
Ce produit est issu de forêts gérées durablement et de sources contrôlées
www.pefc-france.org